ET Sc
3

Dello stesso autore nel catalogo Einaudi

Tempo di màssacro
Abitare il vento
Sangue e suolo
L'alcova elettrica
L'oro del mondo
La chimera
Belle lettere (con A. Lolini)
Marco e Mattio
Il Cigno
3012
Cuore di pietra
Un infinito numero
Archeologia del presente
Dux

Sebastiano Vassalli
La notte della cometa

Il romanzo di Dino Campana

Einaudi

© 1984 e 1990 Giulio Einaudi editore s.p.a., Torino
Prima edizione «Supercoralli» 1984
www.einaudi.it
ISBN 978-88-06-17480-4

La notte della cometa

> Il popolo d'Italia non canta piú
> Oh *parvenu*! Tu sei la rovina.

Marradi, settembre 1983. Il *dépliant* del Ristorante Albergo Lamone, dove alloggio da una settimana, dice: «Albergo modernamente attrezzato. Cucina tradizionale e genuina. Specialità gastronomiche tosco-romagnole. Servizio accurato per matrimoni, banchetti, comitive ecc. Cacciagione, trote, funghi, pecorino marradese, torta di marroni. Vini tipici tosco-romagnoli». Le camere, distribuite su due piani, affacciano da un lato sullo scalo della stazione ferroviaria e dall'altro su un viale d'ippocastani intitolato a un tale Baccarini ma denominato, nell'uso, «viale della stazione». In una di queste camere il poeta Dino Campana e la scrittrice Sibilla Aleramo trascorsero la notte di Natale dell'anno 1916: forse in questa stessa dove io ora mi trovo, forse in un'altra. Chissà. L'albergo, rimaneggiato nei muri divisori ma intatto nella struttura, molto probabilmente è coetaneo della ferrovia Firenze-Faenza: che s'inaugurò nel 1893 con grandi feste popolari e con l'intervento di Sua Altezza il Duca di Genova in rappresentanza di Umberto I di Savoia, Re d'Italia «per grazia di Dio e per volontà della Nazione».

Di Marradi le guide turistiche dicono poco: 328 metri sul livello del mare, cinquemila abitanti (ma all'inizio del secolo erano molti di piú, quasi il doppio), qualche santuario nei dintorni, qualche resto di torre medioevale... In pratica, un paese attraversato da una strada, senza particolari connotazioni culturali o linguistiche. Soltanto gli edifici di piazza Scalelle parlano ancora di un'epoca in cui Marradi fu la piccola capitale della «Romagna toscana» alla frontiera di due Stati: il Granducato e lo Stato della Chiesa. Il paesaggio, gradevole, non presenta scorci o caratteristiche di particolare rilievo. Il profilo dei monti è «dolce» e insieme «severo», come diceva Campana; il cielo è luminoso, la vegetazione è varia: ma ciò rientra nella generale bellezza del paesaggio appenninico e italiano. L'Italia è tutta un incanto.

Dalla finestra vedo i «monti azzurri», le rocce «strati su strati», quasi profili di pagine del libro squinternato del mondo: e mi ricordo le parole di Dino, ciò che lui disse a Sibilla: «Questo è un paese dove ho molto sofferto. Qualche traccia del mio sangue è rimasta tra le rocce, lassú».
– Davvero, io non so che cosa sono venuto a cercare a Marradi. Qui non ci sono carte, documenti – tutto è andato distrutto durante l'ultima guerra – e se anche trovassi qualche vecchio di cent'anni in grado di ricordare e di parlare, cosa potrebbe dirmi di Dino Campana: che era lo scemo del paese? Perché quella è l'unica verità; ma la verità non si dice. Forse, penso, sono venuto fin qua soltanto per vedere i luoghi che lui amava, per cercare quel sangue tra le rocce; forse speravo di trovare la statua. Ma sí, la statua. Il monumento in scala uno a uno del Poeta Pazzo. In posa bacchica. Non dissimile, tranne che nell'addobbo, dai monumenti al Milite Ignoto che si trovano un po' dappertutto nei paesi e nelle piccole città, vicino alle stazioni ferroviarie oppure al centro di piazze dedicate appunto ai Caduti. Ai Partigiani. Agli Eroi. Ai Santi. Ai Poeti. Ai Navigatori. A Noi! (Come giustamente gridavano, trascinati dall'enfasi a disvelare invidiosi veri, i legionari di D'Annunzio e gli squadristi del Duce).

Il monumento a Campana non s'è ancor fatto. Verrà: ma, prima, bisogna dare tempo al tempo e retorica alla retorica. Da scemo del paese a eroe il passo è lungo. Per intanto gli s'è messa una lapide, gli s'è dedicata una strada, gli s'è fatto un premio letterario tutto per lui, col suo nome. Premio letterario Dino Campana. (Giudici Giorgio Saviane, Claudio Marabini, Aldo Rossi, Lorenzo Ricchi e altri illustri). Può sembrar poco ma non è. Quando trent'anni fa un giornalista – Sergio Zavoli – venne a Marradi a cercar tracce di Campana la prima cosa che gli dissero a muso duro sulla piazza fu che «era un matto e basta». Ma Zavoli non abbandonò la ricerca. Nella sede civica intervistò il vicesindaco Leo Consolini e il cavalier Bucivini Capecchi, segretario a riposo del Comune, coetaneo di Dino. «*Zavoli*: Cavalier Bucivini, qualcuno ha rimproverato il Comune di Marradi di non aver fatto molto per onorare la memoria di Dino Campana? *Bucivini Capecchi*: Difatti, in un'adunanza consigliare ci furono dei consiglieri che protestarono. Protestarono all'idea di onorare questo Dino Campana, perché qualcuno di loro diceva che era un precursore del fascismo... *Zavoli*: Addirittura! *Bucivini Capecchi*: ... mentre noi coetanei possiamo dimostrare che lui assolutamente era estraneo, non si interessava a queste faccende! *Leo Consolini*: Del resto, le prove che il Comune di Marradi si è impegnato per le onoranze a Dino Campana sono queste, guardi: per due anni consecutivi, cioè nel 1952 e nel 1953, sono state stanziate in bilancio 500 000 lire. Però la Giunta provinciale amministrativa ritenne opportuno depennarle in quanto il bilancio di Marradi era deficitario! D'altra parte, per dimostrarle la volontà del Comune di onorare degnamente il poeta, ci si è preoccupati di avere, diciamo così, il giudizio di grandi personalità: di Ardengo Soffici, del senatore Emilio Sereni, dell'Accademia della Crusca, dell'Accademia dei Lincei, della Deputazione di Storia Patria. Qui, in questo incartamento, ho le prove».

Le risposte delle Accademie e delle grandi personalità sono imbarazzate, compunte, favorevoli in via di principio ad ogni sorta di celebrazioni. Smentiscono che Campana fosse «un precursore del fascismo» e assicurano che non ci sono pregiudiziali nei suoi confronti. «Caro compagno, – scrive il senatore Emilio Sereni al sindaco comunista di Marradi che l'ha interpellato in merito all'intitolazione di una strada, – penso che sia giusto intitolare a Dino Campana una strada del vostro capoluogo.

Dino Campana è indubbiamente un nome autorevole della poesia moderna e ormai passato nella storia della letteratura.

Non c'è nessun riserbo politico nei suoi confronti. Tanto piú che la sua pazzia toglieva ogni responsabilità ad ogni sua posizione politica, né, d'altronde, ne ebbe mai dichiaratamente reazionarie.

Sarebbe bene fare inaugurare la via ad uno scrittore toscano. Vedete di scrivere a Romano Bilenchi a Firenze, se volesse lui parlare per l'occasione. F/to: Sereni».

Riordino gli scheletri nell'armadio. «Fanny» Luti e Giovanni Campana: che volevano «sistemare» il figlio («per il suo bene», dicevano) e si quetarono soltanto quando lo seppero rinchiuso in manicomio, per sempre. Lo zio Torquato, il tutore: che da «valente umanista» qual era gli compose l'epigrafe e gliela fece scrivere sotto dettatura. Papini e Soffici, gli intellettuali alla moda: che gli insegnarono l'umiltà e le regole del gioco letterario. Gli «sciacalli urlanti» di Marradi e gli «sciacalli del cupolone» cioè i letterati fiorentini che lo considerarono una macchietta, un elemento del folklore locale. La dannunziana Rina Faccio, Amorale anagrammata (Aleramo) in arte: che nell'estate del 1917, quando tutti i maschi italiani erano al fronte, faceva il conto dei mesi trascorsi «in stato di santità» e ne incolpava Campana. Il critico Bino Binazzi, seriamente convinto che per essere famoso come poeta Dino dovesse anzitutto essere famoso come pazzo. Gli elettricisti-psichiatri che lo trasformarono nell'uomo elettrico «Dino Edison». L'altro psichiatra, il Pariani: che per scrivere un suo mediocrissimo libro sul rapporto genio-follia lo tormentò con estenuanti (e vani) interrogatori dal 1926 al 1930. Il critico Enrico Falqui, che amorevolmente ne imbalsamò la memoria e cristianamente ne censurò e ne corresse le lettere. (Per esempio: «Osteria della Musa» anziché «Osteria della Mussa»). Attilio Vallecchi, l'editore che ripulí i *Canti Orfici* d'alcune scritte indecenti. E poi ancora gli affossatori senza nome, i mentitori senza scopo, i denigratori disinteressati... Basterà dire, con Dino, che «tutti sono coperti del sangue del fanciullo», «tracciati per riconoscerli nel giorno della giustizia»?

Torno a affacciarmi alla finestra. «Il pulviscolo d'oro che avvolgeva la città parve ad un tratto sublimarsi in un sacrifizio sanguigno. Quando? I riflessi sanguigni del tramonto credei mi portassero il suo saluto». Sono quattordici anni che ricerco la verità della vita di Dino Campana, che la ricompongo frammento dopo frammento, che tolgo ad ogni frammento le incrostazioni di menzogna d'una leggenda a cui il trascorrere del tempo aveva già conferito la patina dell'autentico... Ora la ricerca è finita e la vita di Dino è lí, tutta, in una valigia piena zeppa d'appunti e di fotocopie e appoggiata al termosifone di questa camera d'albergo, forse la stessa camera del suo ultimo Natale a Marradi... Tutta la vita di un uomo che fu considerato dai contemporanei un prodotto anomalo della natura, uno che «non aveva compreso nulla di quel che è il vivere comune»: ed era solo un poeta. (Ma forse è proprio vero che i poeti appartengono ad una specie diversa, «primitiva», «barbara», da sempre estinta eppure sempre in grado di rinascere come quella dell'araba fenice. I poeti autentici, dico: non i letterati o gli scrittori di poesie, ma proprio quelli per mezzo dei quali la poesia parla. Gli unicorni, i mostri).

Campana Dino, Carlo, Giuseppe nasce alle 14,30 del 20 agosto 1885 a Marradi in provincia di Firenze da Giovanni maestro elementare e da Francesca Luti casalinga. Il suo segno zodiacale è il Leone con ascendente in Sagittario. L'oroscopo che lo riguarda parla di coscienza del proprio valore, di fortissima aspirazione a eccellere, di volontà di dominio che si esprime in forme non violente, di scarsa o quanto meno limitata considerazione degli altri, di passioni intense ma effimere.

Padre e madre sono benestanti. Lui, Giovanni Campana, ha trentotto anni ed è nato a Marradi. Lei, Francesca detta «Fanny», ha una quindicina d'anni meno del marito; viene da Comeana presso Firenze ed ha trascorso l'infanzia e l'adolescenza in un collegio di suore. Come tante coetanee arrivate al matrimonio ed alla maternità da un'esperienza di vita quasi monastica, «Fanny» stenta ad adattarsi alla sua nuova condizione ed anche appare insoddisfatta del marito che – per qualche ragione a noi ignota – non la soddisfa o non le piace. È un'Emma Bovary senza il coraggio dell'adulterio e forse senza l'opportunità, che piano piano si ritira dentro un suo guscio di memorie di collegio, di funzioni religiose, di castità difesa e giustificata con emicranie, malesseri, quaresime, penitenze, voti... È una donna che non ama l'ambiente in cui vive né le persone con cui vive ma che pensa di non potersene sottrarre e chiede di essere lasciata in pace: si occuperà della biancheria, della spesa, manterrà unita la famiglia sacrificandosi, in silenzio. Starà al suo posto: soltanto, non arriverà a fingere per il marito e per il figlio quei sentimenti che non prova...

La crisi coniugale di «Fanny» Luti Campana matura durante la seconda gravidanza e si manifesta, dopo la nascita del secondogenito Manlio, con l'abbandono di Dino: che sostituisce e simboleggia l'abbandono del marito. A questi, «Fanny» si limita a negarsi: non vuole altre gravidanze e non ritiene leciti i rapporti coniugali se non per fini di procreazione, «per dare figli a Dio», come le hanno insegnato in collegio. (Forse, anzi probabilmente, non prova piacere nel sesso: ma chissà). È per l'appunto in questi anni, piú o meno tra il 1890 e il 1895, che il maestro Giovanni Campana comincia ad accusare «disturbi nevrastenici» di natura inequivocabile (irritabilità, insonnia, sbalzi d'umore) ed a curarsi da sé, con le tisane e gli infusi del farmacista di Marradi. Finché, eccessivo come sempre, una domenica prende il treno e va a consegnarsi al manicomio di Imola, nelle mani di quello stesso dottor Brugia a cui, una decina d'anni dopo, spedirà Dino: «Guardi di guarire mio figlio com'Ella guarí me...»

Patriota, strenuo difensore del «primato morale e civile degli italiani», Giovanni Campana è per molti versi un tipico rappresentante della sua generazione, formatasi nel clima delle retoriche e degli entusiasmi risorgimentali. È agnostico ma non ateo, come De Amicis; repubblicano ma devoto alla monarchia, come Crispi; materialista ma convinto assertore della genialità, come Lombroso... A scuola, gli piace insegnare che l'uomo è l'intreccio di due macchine, una macchina a vapore che è il sistema respiratorio e una macchina idraulica che è il sistema circolatorio. «E l'anima, signor maestro?» «Quella è una terza, il sistema nervoso, macchina elettrica». D'indole mite e un po' schiva, il maestro Campana ha tuttavia una sua caratteristica cui già s'è accennato e che sarà determinante nella vita del figlio: d'essere, a fronte dei problemi, ultimativo e eccessivo; di non accontentarsi d'una soluzione qualsiasi, come la maggior parte degli umani, ma d'inseguire tra tutte le soluzioni possibili quella definitiva e «finale»... Altre persone di famiglia di cui si conserva il ricordo sono il nonno paterno e i due fratelli della madre (Lorenzo Luti, Egle Luti): che però ebbero scarso rilievo nella vita di Dino. Non cosí i fratelli del padre, ognuno dei quali occupa nella mia valigia un suo preciso scomparto. Questi furono, partendo dal piú giovane: lo zio Torquato, lo zio Francesco, lo zio Pazzo.

Incominciamo dall'ultimo. – L'esistenza di uno zio Pazzo, probabilmente piú anziano degli altri, probabilmente primogenito, è stato il grande segreto della famiglia Campana: un segreto cosí ben custodito che dello zio Pazzo si è arrivati a far scomparire il nome, la memoria, tutto. Invece lui ci fu e fu la rappresentazione tangibile di uno spettro – quello dell'ereditarietà – che incombeva sulla vita e sulle fortune di tutti i Campana, non solamente di Dino. Io l'ho scoperto per caso nell'inverno del 1982 all'Archivio di Stato di Firenze, rovistando in quei contenitori di documenti giudiziari che con terribile metafora gli archivisti chiamano «filze di dementi». Ho avuto la fortuna di trovare l'incartamento relativo ad una pratica d'ammissione al manicomio di San Salvi (del 9 aprile 1909) di «Campana Dino di Giovanni di anni 23, celibe, nato e dom:to a Marradi, benestante», e, dimenticata nell'incartamento, la cosiddetta «modula informativa» redatta dall'ufficiale sanitario del Comune di origine. Che alla domanda circa le «cause fisiche e morali» della pazzia di Campana risponde: «Ereditarietà – Alcolismo»; e a fianco dell'altra domanda, «se fra i parenti del malato vi sono o vi furono alienati, e quali» scrive queste otto parole, in cui la vita di un uomo trova il suo estremo riassunto: «Uno zio del malato è morto in Manicomio».

Le «filze di dementi»... Contenitore dopo contenitore, incartamento dopo incartamento, polvere sopra polvere, il ricercatore sprofonda in un baratro al cui confronto una «cantica» dantesca o un «giudizio finale» dell'Orcagna sembrano ed effettivamente sono piccole cose. Qui non ci sono «turbe» o «genti» o «schiere» come nell'*Inferno* di Dante, non c'è un astratto collettivo a far da sfondo e cornice a pochi drammi individuali. Ogni «demente» viene fuori con il suo nome, la sua storia, la sua specifica condanna: e son migliaia e decine di migliaia. Le diagnosi parlano di «demenza apoplettica», di «follia circolare», di «turbe periodiche» (per le donne), di «melanconia» o, piú frequentemente, di «melanconia senile», di «paralisi progressiva», di «ipocondria», di «psicosi dell'involuzione», di «alcolismo», di «follia epilettica», di «demenza precoce»: soprattutto di «demenza precoce». Le ordinanze dei Sindaci e dei Regi Pretori – a cui, dal 1904, è dato l'incarico di disporre l'ammissione dei «dementi» nei manicomi provinciali – accennano in modo sbrigativo ai motivi del provvedimento. Dicono che il demente «vocia», che «beve», che «molesta le femmine per via»; che è «instabile negli umori» o «negli affetti» (si può finire in manicomio anche per adulterio, soprattutto se si è donne); che è «disordinato», «trascurato», «smemorato», «depresso»; che «letica in famiglia»; che «sragiona». – Una volta entrato in manicomio, il demente resta in osservazione per un periodo di tempo che secondo la legge 14 febbraio 1904, n. 36, «non può eccedere in complesso un mese». Il rituale dell'ammissione «in via definitiva» o del rilascio per «insufficienza di titolo» si celebra nei Tribunali; ma i veri arbitri del destino dei sospettati di demenza sono poi solo gli psichiatri: chiamati a condannare o ad assolvere in base al proprio personale buon senso ed ai princípi di una dottrina che già Benedetto Croce chiama «pseudoscienza», «guazzabuglio», «empirica». Che fare? Nel dubbio, gli psichiatri condannano: seguendo l'aureo principio che un sano in manicomio non danneggia nessuno, mentre un demente dimesso è sempre un rischio per il medico che dovrà rendere ragione dei suoi eventuali misfatti... Forse due terzi delle pratiche da me consultate, per un arco di tempo che va dal 1906 al 1918, si concludono con l'«ammissione definitiva» del sospettato di demenza: cioè con una condanna che equivale l'ergastolo. (La guarigione, il reinserimento nella società sono eventi soprattutto teorici. Per due motivi: anzitutto, perché in manicomio si sviluppa quel particolare tipo di demenza che gli psichiatri dell'epoca chiamano «demenza manicomiale» e che è causato – dicono i manuali – «dalla segregazione, dall'ozio e dalla convivenza coi pazzi». In secondo luogo, perché chi è uscito di manicomio resta poi sempre in balía del primo ragazzino che gli dà la baia per strada, del primo poliziotto che lui dimentica di salutare, del primo congiunto che vuole liberarsene. Qualunque cosa faccia, il meno che può capitargli è di tornare tra i matti ripercorrendo tutta la trafila, dall'«ammissione provvisoria» a quella definitiva. Di finire per adattarsi ad un ambiente e ad un genere di vita nei cui confronti anche il carcere ha qualche aspetto invidiabile).

Dello zio Pazzo nessuno sa nulla. Ma siccome Dino ne eredita la fama, in famiglia e presso la cittadinanza marradese, io credo che sia giusto e lecito attribuire allo zio quella parte della «leggenda Campana» che non è attribuibile al nipote e che riguarda le molestie alle donne di Marradi. Diamo dunque a Dino ciò che è di Dino e allo zio Pazzo ciò che è dello zio Pazzo. Per esempio gli atti di esibizionismo vicino al ponte sul Lamone, con relativa canzoncina («Sono Campana e questo è il mio battacchio», canta il Pazzo a tutte le donne che passano di lí: e spalanca il soprabito mostrandogli qualcosa). Oppure gli inseguimenti delle pastore sui monti; o i tentativi d'accoppiarsi con le donne intente al bucato, prendendole di sorpresa e di dietro. Quale che sia la sua specifica demenza (forse «circolare», «apoplettica» o d'altro genere ancora) lo zio Pazzo è tormentato dal sesso: e questa è una delle poche cose che possiamo dire di lui. Le altre riguardano la data della morte (certamente anteriore al 9 aprile 1909) e quella dell'entrata in manicomio (certamente posteriore al 4 agosto 1904: fin quasi alla fine dei suoi giorni il Pazzo vive in famiglia, nonostante i trambusti che provoca e nonostante l'ostilità di «Fanny»).

Verifichiamo le date. Diciamo: che lo zio Pazzo sia morto prima del 9 aprile 1909 sta scritto nella «modula informativa» allegata agli atti del Tribunale, e non è quindi dubitabile. Che sia vissuto in famiglia fino all'agosto del 1904 risulta, sebbene indirettamente, da un'altra fonte sicura: il

Registro di Leva del Distretto militare di Firenze, anno 1885. Dove si legge che dal 4 gennaio 1904 al 4 agosto dello stesso anno Dino Campana è allievo ufficiale di fanteria, cioè cadetto dell'Accademia militare di Modena. (La cavalleria ha la sua Accademia a Pinerolo; la marina a Livorno). La carriera militare di Dino Campana, «soldato volontario nel 40° Reggimento Fanteria (Allievo ufficiale) ascritto 1ª categoria classe 1883» è tutta riassunta tra quelle due date. Il 4 aprile 1904 – dice il Registro di Leva – Dino diventa caporale; il 4 agosto «cessa dalla qualità di allievo ufficiale per non aver superato gli esami al grado di sergente» ma gli viene concessa la «dichiarazione di buona condotta». Le sue caratteristiche personali sono: «statura metri 1,68», «colorito roseo», «capelli colore castagni forma liscia», «occhi castagni», «dentatura sana», «segni particolari neo guancia destra». – Ora, tornando allo zio. È assolutamente certo che Dino non sarebbe stato ammesso all'Accademia militare se avesse avuto un congiunto dichiarato «demente» ed internato in manicomio. E non è certo, ma è probabile, che lo zio Pazzo sia stato sopportato a Marradi in vista della carriera del nipote; e che poi tutt'a un tratto gli eventi siano precipitati, per lui, proprio in seguito al fallimento di quella...

Tra la fine dell'Ottocento e l'inizio del Novecento la famiglia Campana è ossessionata dalla presenza del Pazzo e dallo spettro dell'ereditarietà. Tutti si spiano e spiano gli altri per cogliere i sintomi di quel male che se ha colpito una volta colpirà ancora: tutti manifestano una particolare curiosità per le «stranezze» dei congiunti. Un poco pazzi vengono considerati sia l'avvocato Francesco, sostituto procuratore del Re al Tribunale di Firenze, sia quel maestro Torquato, insegnante elementare, che pure è il piú estroverso dei Campana ed anche il piú noto nel circondario marradese. (Torquato, dicono le memorie, è un «umanista» che scrive «brevi componimenti poetici» per fauste nozze, commemorazioni, brindisi. A parlargli sembra normale: ma l'attitudine all'arte non è già sintomo di devianza, per il Lombroso e per il Nordau e per altri autorevoli scienziati?) In quanto al maestro Giovanni, si sa che ha sofferto disturbi nevrastenici dopo la nascita del secondo figlio e che è riuscito a guarirne; che è – o per lo meno si considera – uno scampato al manicomio. – La storia è nota. Una mattina di domenica d'un anno imprecisato, tra il 1895 e il 1900, l'insegnante elementare Giovanni Campana da Marradi spontaneamente si presenta al manicomio di Imola dove un certo dottor Brugia ascolta il racconto dei suoi mali e gli prescrive due polveri per noi misteriose (valeriane? bromuri?) ma per lui miracolose. Gli effetti di quelle polveri sulla «psiche» del maestro sono talmente benefici da indurlo a considerarsi un miracolato dalla scienza: che grazie a Brugia gli ha restituito il sonno, la serenità, la pace dei sensi. Perciò, quando si presenta in famiglia il problema del figlio maggiore che non va d'accordo con la madre il maestro Campana senza esitazioni lo spedisce al manicomio di Imola perché il miracolo si ripeta con lui; e scrive a Brugia una lettera che il destinatario subito include nella cartella clinica di Dino in quanto tratta dei disturbi nevrastenici del padre, quindi di ereditarietà... «Guardi di guarire mio figlio com'Ella guarí me, – scrive il maestro al "suo" medico. E aggiunge: – Questo mio figlio fisicamente non è mai stato malato, fino a quindici anni è stato sempre di carattere un po' chiuso, ma sempre buono, obbediente e giudizioso nelle cose sue, sebbene alquanto disordinato. Sua madre è donna sana, energica, intelligente, risentita. Dopo il parto allattò da sé tranquillamente e andava altera della robustezza del suo bell'allievo».

Soffermiamoci su questa lettera per fare un poco di filologia. Diciamo: che chi chiama «bell'allievo» il fantolino in braccio alla madre, seguendo l'etimo latino («allevare» da *alĕre*, nutrire), non è uomo che usi le parole a caso. E poi diciamo che quei quattro aggettivi («sana, energica, intelligente, risentita») con cui il maestro Giovanni traccia un profilo della moglie che sembra inciso su un cammeo, tanto è nitido e bene rilevato, lasciano intendere molte cose dei rapporti tra i coniugi Campana all'epoca in cui la lettera fu scritta cioè nel settembre del 1906... Ormai pago delle sue polverine, ormai definitivamente domato, Giovanni guarda alla moglie con rispetto e con trepidazione, dice che lei è «sana», ossia immune da tare ereditarie; che è «energica», in quanto comanda; che è «intelligente», in quanto sa ciò che vuole e la maniera di ottenerlo; che è «risentita», cioè, secondo il dizionario del Petrocchi in auge all'inizio del secolo, «piena di risentimento» o «di natura pronta a risentirsi». (E si noti come nel ritratto, che pure vuole essere positivo, manchino del tutto le qualità femminili e quelle specifiche materne di sensibilità, comprensione, dolcezza e simili; soltanto, un poco piú avanti, c'è un quinto aggettivo: «Altera»).

Un'altra immagine, un bozzetto che ci aiuta a capire il carattere della madre e i suoi successivi contrasti con il figlio viene fuori da una testimonianza di «Fanny» su Dino infante: «Pacifico bello grasso ricciuto, inteligente (sic), di due anni diceva l'Ave in francese, ero da tutti invidiata». – Dunque immaginiamoci piazza Scalelle a Marradi col municipio, i portici, le botteghe, i tavolini del caffè, la gente in mezzo che va e viene; «Fanny» in abiti da passeggio col parasole, in piedi dalla parte dei portici; davanti a lei l'arciprete don Domenico Cavina che sorride chinandosi verso il bambino «bello grasso» e lo aiuta a dire la preghiera, gli suggerisce le parole. A qualche metro di distanza alcune popolane indugiano per ascoltare il piccolo poliglotta. «Fanny» si sente ammirata e intimamente gioisce. Lo scarso francese imparato in collegio (due o tre preghiere complete e un centinaio di vocaboli, quanti sarebbero bastati a nonna Speranza di Gozzano per confidare un segreto all'amica del cuore Carlotta) è tra le cose che piú la distinguono da questi zotici di Marradi... Chiama il bambino *mon petit chou*, lo esorta a salutare l'arciprete: «*Salue monsieur l'archiprêtre...*»

All'inizio del 1888 tutti i Campana di Marradi si trasferiscono nella nuova casa di via Pescetti 1, quella stessa che ancor oggi appartiene agli eredi e su cui il Comune ha posto una lapide dettata – credo – dal Falqui: «In questa casa, che fu sua...» «Dino Campana compose...» È una bella casa di due piani piú un pianoterra rialzato e un ampio giardino; al pianoterra abitano i vecchi con lo zio Pazzo, al primo piano c'è la famiglia di Torquato e al secondo piano quella di Giovanni. «Fanny» scopre di essere nuovamente incinta e dopo alcuni mesi dà alla luce il secondogenito Manlio. Dino viene abbandonato a se stesso: la madre lo rifiuta. Di lui, durante l'infanzia, un poco si occuperanno gli zii (lo zio Torquato e sua moglie Giovanna Diletti) e un poco due mature sorelle, tali Marianna e Barberina Bianchi legate ai Campana da chissà quali vincoli di dimestichezza o di parentela. Di queste Bianchi si sa che son zitelle e bigotte; che la piú giovane, Marianna, è addetta alla raccolta a domicilio delle elemosine per la chiesa; che disapprovano «Fanny» per il suo modo di comportarsi nei confronti del figlio primogenito. «Dopo la nascita di Manlio, il Cocco, – scriverà Giovanna Diletti Campana, – Dino passò in seconda, o per meglio dire in terza linea. Ninni (Manlio), sempre Ninni, solo Ninni. Marianna ancor piú di Barberina si era affezionata a Dino. Quando veniva in casa per la questua mi chiedeva, come vanno su? e si sfogava con me. Si ha da vedere, diceva lei, un povero figliolo che quando escono per il passeggio la mamma gli dice, tu Dino vai nella strada di Palazzuolo (i bassifondi di Marradi), noi (Fanny e Manlio) per altra via...?»

Dino comincia a andare a scuola e Marianna e Barberina lo vestono con i loro risparmi perché gli dà fastidio la differenza – evidente anche negli abiti – tra lui e il fratello minore; perché «Fanny» lo infagotta fin da bambino «con gli abiti piú brutti o gli scarti del babbo». («Tanto, – dice, – lui è cosí disordinato!»). Del suo profitto scolastico non si sa nulla: registri, archivi, edifici, tutto è andato distrutto durante l'ultima guerra, quando Marradi s'è trovata sulla cosiddetta «linea gotica»; ma probabilmente è buono. Non altrettanto buona è la condotta. Manlio Campana, in un'intervista resa all'inizio degli anni Cinquanta, parla del fratello come di un bambino che ha difficoltà a socializzare con i compagni («Cercavo la sua compagnia ma forse lui non desiderava altrettanto la mia... né quella di altri») e che spesso si fa punire dal maestro: cioè, con ogni probabilità, dallo zio Torquato. Una foto-ricordo di quest'epoca ritrae il futuro autore dei *Canti Orfici* in mezzo ad una numerosa scolaresca vigilata da Torquato Campana. A giudicare dall'aspetto dei bambini – tutti tra gli otto e i nove anni – la fotografia potrebbe riferirsi ad una terza elementare, quindi all'anno scolastico 1893-94...

Tra le elementari e il liceo – unica scuola che dà accesso all'Accademia militare – c'è il cosiddetto «ginnasio»: cinque anni di corso articolati in due livelli, un livello «inferiore» di tre classi che poi prenderanno il nome di «scuola media» ed un livello «superiore». Dino lo frequenta in collegio, in quell'Istituto Salesiano di Faenza che è quanto esiste di meglio, in quest'epoca ed in questa parte di Romagna, per avviare agli studi liceali i ragazzi provenienti dal contado. Vi entra nell'autunno del 1896 – l'anno della sconfitta di Adua – e vi rimane, salvo gli intervalli delle vacanze estive e quelli molto piú brevi delle vacanze natalizie e pasquali, ininterrottamente fino all'estate del 1900 – l'anno dell'assassinio di Umberto I. S'iscrive alla seconda classe, avendo superato un esame integrativo di cui non è rimasta traccia nei registri. Altri due esami, al termine della terza e della quinta, li deve sostenere presso il Regio Ginnasio-Liceo «E. Torricelli» di Faenza perché lo Stato italiano non dà valore legale ai titoli di studio rilasciati dai preti. I voti riportati sono, per la terza ginnasiale: 6 e 7 in italiano, 8 e 7 in latino, 6 e 8 in francese, 6 in geografia, 8 in aritmetica. Per la quinta ginnasiale: 7 e 8 in italiano, 7 e 6 in latino, 6 e 6 in greco, 8 in storia, 6 in geografia, 6 in matematica, 7 in storia naturale, 9 e 7 in francese.

Come si vive in un collegio gestito da religiosi, negli ultimi anni del diciannovesimo secolo? – Secondo Benito Mussolini, che fu in questo stesso Istituto Salesiano dal 1892 al 1894 e vi frequentò le classi terza e quarta elementare, la risposta è una sola: malissimo. Nelle memorie del «Duce» si parla del collegio di Faenza come di un *lager* per bambini: con «camerini» dove viene chiuso a chiave chi disubbidisce agli ordini dei «superiori», con cani feroci che di notte vengono liberati nel cortile, con l'uso frequente e sadico di punizioni quali la privazione del cibo, l'esclusione dai giochi, le botte in pubblico. Ma Mussolini era un convittore di «terza classe» e la sua testimonianza, certamente significativa e sincera, è però anche limitata ad alcuni aspetti di una realtà che lui, per ovvie ragioni, non poté cogliere nel suo insieme...

Parliamo dunque di collegi e di «classi». Diciamo che alla fine dell'Ottocento i collegi religiosi o sono troppo esclusivi per ammettere ragazzi di piccola e media borghesia oppure sono divisi in «classi», come i treni. Il genitore che ci porta suo figlio può scegliere tra un trattamento speciale (prima classe), un trattamento normale (seconda classe), un trattamento economico (terza classe). In quest'ultimo caso il collegiale viene messo nella camerata dei cosiddetti «trovatelli», cioè di quei bambini orfani o abbandonati dai genitori che i religiosi mantengono nei loro istituti per esercizio di carità e che affittano alle imprese di pompe funebri per seguire i funerali dei ricchi. Ogni classe ha una propria camerata e servizi e vitto adeguati all'entità della retta. Sono uguali per tutti – o quanto meno dovrebbero esserlo – l'istruzione, i giochi, le devozioni: ma va da sé che nessun maestro si scalmani troppo per lo scolaro di terza («Tanto, farà il manovale...»). E va da sé che ci siano due pesi e due misure anche nell'assegnazione dei castighi. Ciò che rende il sistema disumano è però la sua assoluta evidenza, il fatto che ogni bambino può e anzi deve confrontare quello che c'è nel suo piatto con quello che c'è nel piatto del compagno e che ogni aspetto della vita di comunità si basi in via preliminare su questa dura disciplina. «A tavola, – ricorderà Mussolini, – noi ragazzi sedevamo in tre reparti. Io dovevo sempre sedere in fondo e mangiare coi più poveri. Potrei forse dimenticare le formiche nel pane della terza classe. Ma che noi bambini fossimo divisi in classi, mi brucia ancora nell'anima».

La religione viene imposta in maniere «oppressive e terrorizzanti». Messa tutti i giorni all'alba (alla domenica le messe sono due, quella «normale» e quella «festiva»). Preghiere: dopo il risveglio; all'inizio e alla fine delle lezioni; all'inizio e alla fine dei pasti; prima del sonno. Letture edificanti: due volte il dí durante i pasti. La tendenza diffusa, a Faenza e ovunque in questo genere di istituti è di considerare il collegiale un seminarista di complemento, una sorta di monaco avventizio che poi, alla fine, se ne andrà. Perciò gli si fan dire tante devozioni ed ascoltare tante messe da poter comunque bastare, se diventasse miscredente, fino alla fine dei suoi giorni...

La repressione sessuale, scopo ultimo di ogni insegnamento e di ogni attività educativa, si compie in molte maniere. Innanzitutto con la chimica. Due volte al giorno a sua insaputa il collegiale ingerisce bromuri e sedativi la cui azione è considerata benefica anche per gli effetti collaterali: il soggetto diventa piú docile, piú tranquillo; la condotta in classe migliora e cosí pure il profitto scolastico. La religione interviene col sesto e il nono comandamento a cerziorare l'inferno per i fornicatori abituali; la medicina assicura che i cosiddetti «atti impuri» conducono alla perdita della vista, della memoria e dell'intelletto; la ginnastica e il gioco sono concepiti come scalmanamento, estromissione violenta di quel superfluo di energie che ritenuto può indurre a peccaminosi pensieri; la morale viene amministrata dall'«assistente spirituale» esclusivamente come divieto di tenere le mani in tasca, di «toccarsi», di trattenersi al cesso piú che tanto, di guardare le donne per strada, di pensare alle donne, di pensare...

Dino Campana, a Faenza, vive un'esperienza praticamente opposta a quella di Mussolini (da cui differisce per temperamento, vicende e classe sociale: una famiglia che annovera magistrati, insegnanti e donne con nome esotico non può avvilirsi a tal punto da mandare un suo figliolo tra gli orfani, a seguir funerali). Ciò che lui trova in collegio è, innanzitutto, quell'ambiente protetto e quella vita ordinata che in famiglia non aveva avuto. Si rasserena; si concede per la prima volta atteggiamenti e giochi d'infanzia: vive, in ritardo, la sua infanzia. La zia Giovanna Diletti va a trovarlo una domenica pomeriggio e se lo vede piombare «in parlatorio», «sudato», tenendo in mano «il frustino e la trottola»: che sono giochi inconsueti per un ragazzo di dodici anni... Poi, scopre la biblioteca. – Secondo la testimonianza di un tal Michele Campana – omonimo ma non parente – che fu in collegio a Faenza negli anni stessi di Dino, questi ben presto abbandona la trottola ed anche i giochi dei coetanei (tamburello, palla avvelenata) per declamare «il duello fra Tancredi e Clorinda dinanzi a Gerusalemme..., il duello fra Rinaldo e Sacripante e quello ancora piú famoso fra Ruggero e Rodomonte». Legge il Tasso, l'Ariosto, Dante, i classici accessibili in edizioni «purgate» – cioè emendate d'ogni sconcezza – che trova nella biblioteca dei preti. Diventa un allievo modello (le votazioni interne del collegio sono assai migliori di quelle riportate agli esami) e ottiene buoni risultati anche nell'unica materia che la scuola pubblica non ha, cioè in religione. Anzi è proprio in questa materia che i voti indicano un interesse crescente, dall'otto della seconda ginnasiale al nove della terza e della quarta e, infine, al dieci della quinta.

La condotta è buona. L'indole è alquanto riservata; ma nell'ambiente del collegio la solidarietà tra compagni, gli entusiasmi giovanili, il manifestarsi di affinità negli interessi e nei gusti portano anche per Dino le prime amicizie: «eterne» nelle intenzioni e poi invece destinate a perdersi in breve volgere d'anni, come sempre succede agli adolescenti. Con un certo Giovanni Accardo, con un certo Solumi...

A fine giugno del 1900 Dino torna a stare in famiglia, col padre burbero ma galantuomo e con la madre che già è quale la ricorderanno i marradesi, «un rosario in mano ed uno scialle sulle spalle» (secondo la testimonianza di Mariannina Capelli cugina del poeta). Che «fieramente ignora» (secondo quella stessa testimonianza) le ragioni del figlio e solo bada a incalzarlo con rabbuffi, prescrizioni, punizioni, divieti che Dino subisce controvoglia, senza comprendere il motivo di tanta animosità. Gli atteggiamenti mistichegginati di «Fanny» gli sembrano stupidi; il suo sussiego, ridicolo; i suoi rimproveri, ingiusti. Tutto di lei gli dispiace: ma a quindici anni non può risolvere il problema della convivenza tornando sulla «strada per Palazzuolo». S'arrabbia: chiede di non essere tormentato per futilissimi motivi (una matita dimenticata sul tavolo, una porta lasciata socchiusa, un'impronta di piedi nell'ingresso); d'essere considerato per ciò che è – una persona – e non solo per l'ingombro che dà; d'essere, infine, «rispettato»...

Contrastata nelle abitudini e nell'assetto che ha imposto alla famiglia «Fanny» reagisce con rabbia: da donna «sana» ed «energica», ma soprattutto da donna «risentita». Iniziano le scenate, cosí fragorose e sconvenienti per la famiglia Campana il cui prestigio già è messo a dura prova dalle esibizioni del Pazzo. Iniziano i ricatti di «Fanny» sul marito: le sue fughe in casa di parenti; le sue minacce di giungere ad una separazione legale se non verrà liberata

dalla presenza del figlio. Infine, iniziano i dubbi sulla «demenza» di Dino. (E se fosse proprio lui l'erede del Pazzo?)
– Per meglio rappresentarci questa situazione possiamo immaginare una scena, un episodio qualsiasi dell'«impulsività brutale» e «morbosa» – le parole sono del maestro Campana nella lettera a Brugia – di Dino contro la madre. Dunque il ragazzo s'è stancato di trovare immagini della Madonna dentro ai suoi libri e alle sue carte – «Fanny» le mette un po' ovunque ma soprattutto nella roba del figlio maggiore che considera indemoniato – e ora rovescia sul pavimento il contenuto dei cassetti, scaraventa dalla finestra tutte le immagini che trova mentre sua madre gli grida «mostro», «demonio», «anticristo». «Non ci bastava il disonore d'un parente come tuo fratello», grida «Fanny» inviperita al marito che la supplica d'aver pazienza, di tacere. («Ti sentiranno i vicini»). «Anche quest'altra disgrazia mi ci voleva, in espiazione del peccato che ho commesso sposandoti! Di partorire l'Anticristo». (Il maestro: «Fanny, ti prego. Controllati»).

Nell'anno scolastico 1900-901 Dino è studente a Faenza, allievo della prima classe liceale di quel Regio Ginnasio-Liceo «E. Torricelli» sul cui conto non abbiamo notizie particolareggiate ma che certamente è simile a qualsiasi altro liceo classico di qualsiasi piccola città della provincia italiana: Pinerolo, Caserta, Trapani... (L'istituzione «liceo classico» è una delle poche cose veramente unitarie, nell'Italia del primo Novecento). Immaginiamoci dunque un edificio vecchio di due o tre secoli ma parzialmente riattato: al piano terra c'è il ginnasio, al piano superiore il liceo. Nel cortile o sulle scale c'è il busto del personaggio cui la scuola è intitolata. (A Faenza, del signor Torricelli). Il Preside è un attempato burocrate esperto in anniversari, celebrazioni e storie locali. Gli insegnanti sono una trentina, uomini e donne costretti dalle circostanze a guadagnarsi il pane recitando il proprio personaggio. Accade cosí che ogni liceo abbia il suo Pedante, il suo Progressista, la sua Zitella, il suo Satiro (variante: il suo Omosessuale), il suo Filosofo, il suo Genio piú o meno Compreso... Su questi personaggi corrono leggende che si tramandano di generazione in generazione e che coinvolgono i Bidelli: esseri abietti ma astuti, generalmente dediti a seconde attività assai remunerative oppure (variante) a oscuri traffici con gli Studenti. (Tabacchi, pornografie, lenocinî). Per parte loro, gli Studenti risultano suddivisi in due Corsi: Corso A e Corso B. Il Corso A è esclusivamente maschile; il corso B è misto. (Variante: è esclusivamente femminile). A differenza dei Professori, che durano in media quarant'anni, gli Studenti sembrano dediti a perenne avvicendamento: ma in realtà sono sempre gli stessi, il figlio del Notaio che deve diventare Notaio, il figlio del Padrone della Fornace che deve diventare Avvocato, il figlio dell'Avvocato che deve diventare Padrone della Fornace, il figlio del Commerciante che deve diventare Medico e cosí via (cosí sia). Il cortocircuito degli insegnanti (delle Maschere) generalmente si produce quando si accorgono di non riuscire piú a distinguere i padri dai figli: giunge l'orrenda vecchiaia, e con essa l'oblío di quell'eletta società di Genitori e di Studenti che per decenni le Maschere hanno accudito, lusingato, impaurito senza mai riuscire ad entrarvi, a farsi veramente accettare...

Ho in valigia la fotografia, riprodotta da vari autori, della classe prima liceale del Regio Ginnasio-Liceo «E. Torricelli» di Faenza, anno scolastico 1900-901. Dino vi appare accigliato, con incipienti baffetti: un poco piú vecchio, si direbbe, dei suoi sedici anni non ancora compiuti. Dietro di lui un suo compagno (forse l'Accardo, o il Solumi) gli appoggia una mano sulla spalla. Gli studenti sono complessivamente diciotto e sono tutti maschi: ciò significa che questa è la foto-ricordo del Corso A. Guardando i volti e gli atteggiamenti potrei tirare a indovinare chi è figlio del Notaio e chi del Padrone della Fornace: ma non sarebbe cosa seria. Piú facile cogliere le caratteristiche di alcuni tipi umani già sufficientemente individuati (il disinvolto, l'elegante, il rubacuori, l'altezzoso) e immaginare la rete di relazioni, l'impenetrabile tessuto di interessi di parentele di affinità e di rivalità che stringono l'uno all'altro questi rampolli della borghesia locale, il figlio del Notaio a quello del Farmacista, il figlio dell'Avvocato a quello del Medico...

Chissà perché i rampolli della borghesia faentina «ridono» Dino Campana, come poi lui stesso dirà per spiegare la bocciatura e l'anno scolastico perduto. («Mi ridevano»). In quest'anno 1900-901 Dino ha problemi in famiglia, anche abbastanza gravi; fa il «pendolare» tra Marradi e Faenza, cioè trascorre ogni giorno alcune ore sui treni e nelle sale d'attesa delle stazioni ferroviarie; veste gli abiti smessi dal padre e dallo zio Torquato; infine – e questo è il dato piú significativo – tra i ragazzi della fotografia lui certamente è un intruso. Per due motivi: anzitutto, perché non fa parte della loro società; in secondo luogo, perché proviene da un collegio dove ha frequentato tutt'e cinque le classi del ginnasio mentre questi altri sono sempre stati lí, sono insieme da cinque anni se non addirittura da dieci, dalla prima classe elementare... Quanti sono, nella fotografia, gli ex collegiali come Dino? Chissà. Forse nessuno, forse uno (quello, appunto, che gli tiene la mano sulla spalla). Nell'impatto di Dino Campana con il liceo di Faenza c'è dunque da mettere in conto l'atteggiamento diffidente dei giovani rappresentanti della borghesia locale, la loro scarsa disponibilità a fraternizzare con un montanaro ingenuo, goffo, timido e orgoglioso; ma siccome poi per «ridere» qualcuno, cioè per deriderlo in maniera sistematica e continua bisogna avere un pretesto, una ragione particolare: io credo che lo studente liceale Campana commetta qualche goffaggine con le compagne del Corso B o forse proprio specificamente con una compagna, quella Francesca B. di cui tra dieci anni troverà il nome graffito («Francesca B., peccatrice») su un muro del santuario della Verna. («Davanti alle semplici figure d'amore il suo cuore si era aperto ad un grido ad una lacrima di passione, cosí il destino era consumato!»). Che la contempli da lontano senza nemmeno pensare di farsi avanti, di parlarle... Il mancato affetto della madre, l'accurata repressione ricevuta in collegio, l'indole chiusa e sognatrice fanno sí che lui sia impacciato oltre ogni limite ragionevole nei rapporti con le ragazze, che sia incapace di trattarci; questa è la sua principale debolezza e questa probabilmente è anche la ragione per cui i compagni lo «ridono»... Il resto è noto ed è logica conseguenza dell'incompatibilità con l'ambiente. Dino s'assenta, va a spasso anziché frequentare le lezioni; s'impegna poco nello studio e i Professori (le Maschere) lo bocciano con questi voti: italiano 5, latino 4, greco 4, storia 6, filosofia 5, matematica 6, fisica 6, storia naturale 6.

Le donne, il rapporto con le donne... Nella vita di Dino Campana questo è un problema che non trova soluzione. Federico Ravagli, riferendosi a Dino ventisettenne e studente all'Università di Bologna, scrive: «A giudicarlo assieme a noi, pareva un misogino. Non degnava d'una parola o d'uno sguardo la Dora, l'Irma, la Nella e le altre commesse del bar, le quali tuttavia indulgevano loquaci alla sua corrucciata immobilità. Appariva indifferente e infastidito quando, al passaggio di una femmina procace per la via, si levava dalla sala qualche esclamazione appassionata, qualche lode scurrile». E Mario Bejor, che conobbe Dino nel 1911 e lo frequentò, seppur saltuariamente, fino al 1916, arriva a dubitare della sua virilità, a chiedersi: «Quanto dell'animo e della sensibilità femminili erano in lui – suo malgrado – per averne tanta repulsione»?

A partire da una certa epoca della sua vita – piú o meno intorno ai ventisette anni – Dino identifica il sesso con le «vecchie troie gonfie lievitate di sperma», con le «colossali prostitute» e le «Madri» allineate sul lungomare di Genova. Nel loro grembo, «patria antica», l'uomo si accosta al «gran nulla» dei tempi che hanno preceduto la sua nascita e che verranno dopo la sua morte. Le donne giovani e belle – come la liceale Francesca, la creola Manuelita ed altre di cui si trova traccia nei testi – appartengono invece propriamente al sogno, sono creature del sogno. Nella realtà quotidiana il poeta ne è attratto come tutti; ma non sa e non vuol andare oltre la contemplazione della loro bellezza... Riferirò un episodio. Nel 1916, a Livorno, Dino riesce a corteggiare una splendida ragazza, ospite della pittrice marradese Bianca Fabroni Minucci, senza che lei se ne accorga. «Comunicava recitando poesie, – dirà molti anni piú tardi l'interessata. – Ma io avevo altro per la testa: stavo per andare al fronte come infermiera e avevo perso il mio fidanzato in guerra... Cosí non mi resi conto che recitandomi i suoi versi Dino Campana esprimeva la sua simpatia per me. Bianca me lo fece notare. Ma come ho già detto il mio pensiero era altrove...»

Anche il primo approccio di Sibilla Aleramo sorprende e preoccupa Dino, che pure ormai ha trentun anni. Si rivolge al critico letterario Cecchi: «Sibilla mi scrisse: cosa vuole? Risposi evasivamente». Per mascherare la paura, inventa storie che non stanno né in cielo né in terra: «Sa che lasciai l'università a causa delle studentesse, e non è ancora finita». Mente come un bambino per fingersi una credibilità di maschio, un'esperienza che non ha: ma non è bravo a inventare bugie. La «russa incredibile venuta dall'Africa» con cui tenta di far ingelosire l'Aleramo è una tale Anna residente a Scarperia vicino a Firenze ma è soprattutto un personaggio dei *Canti Orfici*, è «la Russa» che passa per via «portando il fiore e la piaga delle sue labbra» nel viso pallido. E la Russa dei *Canti Orfici* è l'immagine vagheggiata di un'attrice e ballerina del varietà che lo scrittore Alberto Viviani annovera tra i frequentatori abituali del caffè fiorentino Giubbe Rosse all'epoca della rivista «Lacerba», quindi nel 1913: «Una giovane donna georgiana, la Nino, meravigliosa ma sempre ubriaca di champagne». Le si attribuivano, tra l'altro, danze sui tavoli e rapinosi spogliarelli...

Giugno 1901. La bocciatura di Dino esaspera i contrasti in casa Campana; il padre è fuori di sé perché ha scoperto le assenze del figlio negli ultimi mesi di scuola e vorrebbe conoscerne la ragione: «Cosa facevi? Con chi andavi?» Dino: «Andavo in giro...» «Da solo». Il padre: «Ma perché? Perché?» Lungo silenzio. La madre: «L'ho sempre detto che è matto. Che questa vostra dei Campana è una famiglia di tarati». Infine, il maestro Giovanni prende la sua decisione: porterà il figlio a Faenza per sottoporlo a visita psichiatrica. «Se è matto va in manicomio». Fortunatamente il medico prescelto (tale professor Alberigo Testi) si pronuncia in modo assennato: consiglia di attendere il compimento dello sviluppo fisico per formulare diagnosi ed intraprendere terapie; raccomanda di non esagerare la portata di un insuccesso scolastico, di non tormentare il ragazzo che, dice, sta attraversando una fase delicata di «assestamento psichico». Per togliersi di casa Dino va a stare qualche settimana con i parenti a Premilcuore e a fine luglio, quando torna, riesce a comunicare col padre, da sé o tramite lo zio Torquato: a fargli intendere le ragioni per cui non vuole rimettere piede nel liceo «Torricelli» di Faenza. («M'avevan preso a zimbello»). S'impegna a studiare per proprio conto, in casa, in modo da recuperare l'anno; chiede fiducia e comprensione e si può dire che le ottenga.
– Vengono consultati esperti di cose scolastiche tra cui un tal Solenni (?) di Firenze che consiglia di fargli sostenere l'esame d'ammissione alla classe terza liceale presso il Re-

gio Ginnasio-Liceo M. D'Azeglio di Torino: perché? Impossibile rispondere. Le notizie si fanno scarse. Nel settembre 1902 Dino va a Torino col padre, supera l'esame d'ammissione e poi si reca a Carmagnola, una cittadina del Piemonte a circa trenta chilometri dal capoluogo, si iscrive al locale Convitto e vi frequenta da «interno» l'ultima classe del liceo. La lettura delle pagelle (quattro: una per ogni bimestre) ci dà l'immagine di uno studente intelligente, attento, con inclinazioni e orientamenti propri; non particolarmente portato per le cosiddette «belle lettere», anzi con qualche difficoltà in italiano scritto (il voto del primo bimestre è 4, quello dello scrutinio finale è 5). Evidentissimo il contrasto con l'insegnante di filosofia, che nel secondo bimestre gli assegna 3 in profitto e 5 in condotta, e conferma la valutazione di insufficienza (5) ancora nello scrutinio finale. La commissione dell'esame di maturità è composta dai professori Alessandro Piumati per italiano, Alberto Grapputo per latino e greco, Beniamino Manzone per storia, Vittorio Frutas per filosofia, Lorenzo Appendino per fisica, Mario Lessani per matematica e storia naturale. La prima sessione d'esame (la cosiddetta «sessione estiva») si conclude il 15 luglio 1903. Dei 65 candidati 40 vengono bocciati o rimandati alla «sessione autunnale», 25 risultano promossi. Tra questi, Campana Dino di Giovanni e Luti Francesca, nato e domiciliato a Marradi, con la seguente votazione: italiano 6, latino 7, greco 7, storia e geografia 6, filosofia 7, matematica 6, fisica 7, storia naturale 7.

«In Italia venni arrestato e rimasi un mese in prigione a Parma verso il 1902, 1903». Cosí il «demente» Campana dice allo psichiatra Pariani che lo interroga e che lui considera, nel delirio, «un agente del Re d'Italia» mandato a indagare sul suo passato per farlo scacciare dal manicomio dove invece «sta bene». (Il risultato delle indagini verrà poi dato alle stampe col titolo, quanto meno presuntuoso, di *Vita non romanzata di Dino Campana scrittore*; e sarà un campionario di reticenze, di omissioni, di notizie mai completamente vere e mai completamente false, di imprecisioni e di errori).

Sappiamo con certezza che Dino non fu a Parma, in carcere, nel 1902 e nemmeno nel 1903, e che non c'è nei registri. Ho qui in valigia la copia di un documento (trasmessomi dallo scrittore Gino Gerola) datato 1° settembre 1950 e firmato dall'allora direttore della Casa di reclusione di Parma, G. Jafrancesco. «Oggetto: *Informazioni sul poeta Dino Campana*». La comunicazione, indirizzata al pretore di Rovereto, dice: «Si prega portare a conoscenza dello studente universitario Gino Gerola residente in Nosellara di Folgoria che da ricerche eseguite nelle matricole e rubriche di questi istituti penali dall'anno 1891 all'aprile 1913 e dal 1900 all'agosto 1950 non risulta registrato il nome del poeta Dino Campana». Piú chiaro di cosí... Se il nome di una persona non compare nelle rubriche di un carcere, la logica del «non romanzato» vuole che si dica che quella particolare persona in quel particolare carcere non c'è mai stata. È evidente. Ma siccome l'umana vicenda di Dino Campana può essere ricostruita soltanto tenendo conto dell'elemento romanzesco o addirittura «romanzato» che in essa è implicito, ecco, io cercherò di procedere oltre la stessa evidenza: nel tentativo di cogliere quegli elementi di vero che sono sempre presenti – oltre l'involucro di menzogna – nelle risposte del «demente» al suo inquisitore Pariani. E scriverò e cercherò di argomentare ciò di cui sono convinto: che Dino, a Parma, in prigione o in altro luogo consimile (per esempio in una camera di sicurezza della Questura o dei carabinieri) probabilmente ci fu, ma non nell'agosto del 1902 o del 1903. Ci fu nell'agosto dell'anno successivo...

Nell'agosto del 1903 Dino sostiene, a Firenze, l'esame d'ammissione al corso allievi ufficiali previsto dal Regio Decreto n. 429 del 26 novembre 1899 (*Regolamento scuole militari*). A fine luglio ha inoltrato, tramite il Comune di Marradi, domanda «su carta da bollo da lire una» e dopo circa tre settimane è stato convocato a Firenze per superare le prove, anzi gli «esperimenti» richiesti dal *Regolamento*: «Esperimento scritto di lettere italiane: 5 ore. Esperimento scritto di matematica: 5 ore. Esperimento scritto di storia: 5 ore».

Il 24 novembre 1903 Dino si iscrive all'Università di Bologna, facoltà di scienze, corso di laurea in chimica. Come mai? Evidentemente ancora non è arrivata al Comune di Marradi la comunicazione che l'esame d'ammissione all'Accademia è stato superato (il già citato Decreto dice in proposito: «Ai candidati verrà dal Ministero partecipato l'esito degli esami per mezzo della medesima autorità, da cui fu inoltrata la domanda d'ammissione») ed il maestro Campana non vuole correre il rischio, in caso di bocciatura, che il figlio resti inoperoso fino all'autunno successivo. L'iscrizione all'Università per l'anno accademico 1903-904 è dunque una cosa fatta all'ultimo momento, un atto di prudenza in attesa che l'autorità militare «partecipi» l'esito degli «esperimenti». La materia – chimica – viene scelta dallo zio Torquato, che essendo amico del farmacista ne invidia i facili guadagni. Ma viene scelta col consenso del nipote. («Cosí, una cosa qualunque», dirà poi Dino a Bologna a chi gli chiederà spiegazioni). E chissà se il risultato dei suoi studi sarebbe stato diverso in una facoltà umanistica... Personalmente io ne dubito, cosí come ne dubitava l'interessato. (Ravagli: «Hai sbagliato facoltà – gli dicevano; – dovevi studiare lettere –. E Campana: – Lettere? Forse...»). Quando s'iscrive a chimica Dino ancora non sa d'essere poeta, soltanto avverte qualcosa al fondo di tutte le sue fantasticherie: un cielo popolato di stelle che gli indicano «l'infinità delle morti», la presenza di una «chimera non saziata», «regina della melodia» e «anima del mondo»... (Ma che c'entrano le lettere con ciò? Che c'entra la chimica?)

Nel dicembre del 1903 Dino trascorre tre settimane a Modena per il cosiddetto «tirocinio» che è la seconda fase della selezione dei cadetti: ventuno giorni di prove attitudinali, di marce, di sveglie notturne, di equitazione, di ginnastica. Dentro il Palazzo Ducale l'Accademia è un mondo autosufficiente, un meccanismo perfetto che lo affascina fin dall'arrivo. Sullo 'sfondo e appena intravvista c'è una città silenziosa e nebbiosa: con essa la scuola militare non sembra avere rapporto se non per gli stucchi e le specchiere del Caffè Molinari, unico consentito agli allievi. Alla vigilia di Natale Dino ritorna a Marradi portando con sé la notizia che è stato ammesso a vestire la divisa, che frequenterà il primo corso. La famiglia Campana si riunisce per festeggiare il futuro condottiero; perfino il Pazzo partecipa. («Fanny», malata d'emicrania, s'è chiusa in camera sua). Al levar delle mense Torquato pronuncia il brindisi, dice: «codesto figliuolo di cui abbiamo seguito con trepidazione i primi passi nel mondo ora è sul punto di lasciarci, d'andare a vivere in una famiglia troppo piú grande della nostra, di fronte a cui ci inchiniamo. Che il suo avvenire sia fulgido come quello della nuova Italia di cui noi tutti riuniti gli auguriamo d'essere un protagonista!» (Applausi). Ma quando gli ospiti van via si parla di quattrini: perché l'Accademia, s'ha un bel dire, costa. Il *Regolamento scuole militari* alla voce «Retta annua ed assegno per primo corredo» recita testualmente: «La retta annua è di lire 900 e deve essere pagata per trimestri anticipati decorrenti dal 1° ottobre, 1° gennaio, 1° aprile e 1° luglio. – I nuovi ammessi, che entrano nella scuola nella prima quindicina del mese, devono pagare per l'intero mese; se invece entrano nella seconda quindicina, devono pagare soltanto per la quindicina stessa. – All'atto dell'ammissione si deve inoltre pagare la somma di lire 350 per il corredo. Da tale pagamento vanno esenti gli allievi provenienti dai collegi militari. – Oltre la retta e l'assegno per primo corredo, ogni allievo deve pagare, a trimestri anticipati, annue lire 120 per spese di rinnovazioni e riparazioni del vestiario e corredo in generale, e di provvista di libri di testo ed oggetti di cancelleria». Naturalmente il maestro ha presentato domanda d'aver la retta dimezzata «per benemerenze di famiglia», essendo lui Giovanni Campana «impiegato di carriera, nominato con regio decreto nelle amministrazioni dello Stato con diritto a pensione»; ma il beneficio non è certo né, tantomeno, è immediato. Si accorda, dice il *Regolamento*, «entro i limiti dei fondi che vengono a tal uopo annualmente stanziati in bilancio, e cominciando dai piú bisognosi». Insomma: bisogna pagare. – Mentre la madre s'aggira per casa con il suo scialle e il suo rosario, mormorando preghiere a fior di labbra, e mentre Manlio s'arrovella sui suoi libri di ragioneria il maestro Campana parla col figlio, gli fa un poco di conti e di morale. Dice: «Quest'anno mi costi, tra Accademia e iscrizione all'Università, almeno millecinquecento lire. Che non si è ricchi lo sai, soldi da buttare non ce n'è; si spende perché tu ti sistemi, perché anche tu possa seguire la tua strada. Ormai sei grande, sei un uomo».

A Modena, Dino Campana non pensa a nulla: non ne ha il tempo. «Ingranare a Modena non fu facile. Disciplina rigida, correre senza mai fermarsi, se non per mangiare, per dormire; con gli *anziani* che trattavano i *cappelloni* come ciabatte. Gli istruttori erano severissimi. Tanta ginnastica che non ci riposavamo da una volta all'altra. In piú, le lezioni al maneggio, a colpi di frusta, con i cavalli che impazzivano fra bestemmie e invettive volgari. – Stringi le gambe, sembri una vacca –, era il richiamo piú garbato. Alcuni non resistevano. Posavano le stellette, e a testa bassa prendevano la via di casa. I piú superavano il rodaggio a denti stretti». Sono parole di Nuto Revelli, un altro scrittore passato per l'Accademia di Modena, e si riferiscono agli anni Trenta: ma s'adattano perfettamente anche all'inizio del secolo. Il testo di Revelli contiene poi questo dettaglio prezioso dei *cappelloni* e degli *anziani* che ci aiuta a comprendere una poesia di Dino in cui le «ciane» lo chiamano «cappellone», «poeta cappellone»... Pier Paolo Pasolini, che di Campana non capí nulla, s'intenerí su quel dettaglio. Gli sembrò strana e ammirevole l'invenzione, con cinquant'anni d'anticipo, di un termine destinato ad avere corso e fortuna negli anni Sessanta, sia pure in una versione leggermente dissimile. («Capellone»). Invece ai tempi di Dino – e probabilmente ancora oggi – *cappelloni* a Modena sono le reclute; ed il «poeta cappellone» non è il poeta ribelle ma è l'apprendista poeta, l'ultimo giunto tra i poeti...

Leggiamo ancora Revelli: «Una volta la settimana, lunga corsa in bicicletta fin sull'Appennino, pedalando anche in discesa per via delle gomme piene. Molto studio, su *sinossi* vecchie quasi come il palazzo ducale nel quale abitavamo. Vita poco brillante: alla sera cinquanta minuti – non uno di piú – di libera uscita. La mensa era piuttosto scarsa. Tutto a squilli di tromba: mangiare, deglutire, digerire».

Certo, la vita all'Accademia militare è dura. Ma Dino resta, non cede. Rimane a Modena fino alla fine del primo anno di corso e ciò significa almeno una cosa, che non entra in conflitto con l'ambiente come invece gli era successo al liceo di Faenza. Che s'impegna nelle cosiddette «istruzioni militari» (ginnastica, equitazione, scherma) e anche nello studio di alcune materie, per esempio della lingua tedesca. Forse il profitto è meno positivo nelle materie militari (letteratura militare, arte militare, storia dell'arte militare); ma chissà. L'unico fatto sicuro è che poi al termine del corso le porte dell'Accademia si chiudono definitivamente per Dino, colpevole di «non aver superato gli esami al grado di sergente»: e qui due sono le ipotesi possibili. La prima, «non romanzata», è che Dino non riesca a riportare il «punto annuale caratteristico» di 11/20 prescritto nel già citato *Regolamento* e che venga dichiarato «non idoneo» alla vita militare. La seconda, «romanzata», è che Dino non superi gli esami per non averli sostenuti. Che alla vigilia delle prove gli succeda qualcosa di tanto grave da determinare, di fatto, la sua espulsione dal corso...

Seguendo l'ipotesi romanzata, prima di venire a Marradi sono andato a Modena per vedere dove si trovasse all'inizio del secolo quella benemerita istituzione postrisorgimentale che i padri e i nonni chiamavano «casino». M'ero convinto, chissà perché, che la cacciata di Dino dall'Accademia dovesse essere messa in relazione con un suo mal riuscito tentativo di iniziazione virile; e che un'eco di quell'episodio fosse reperibile nel *Fascicolo marradese* edito dal Ravagli, dove si parla del «cadavere di Ofelia» che nell'inverno bolognese, in fondo a un vicolo, improvvisamente appare al poeta: per rammentargli un lontano passato ed una lunga miseria. «M'ingolfo in un vico e dall'ombra un'ombra bianca mi si para avanti. Cazzottaste voi mai una troia notturna in fondo ad un vico gridando: perché perché vuoi tu dall'ombra parermi (mostrarmi) l'infame cadavere di Ofelia?» «E la cazzotto».

L'episodio, insistito in tre o quattro varianti che non trascrivo, diventerà poi nei *Canti Orfici* un'invocazione a Satana, quasi una citazione da Baudelaire: «O Satana, tu che le troie notturne metti in fondo ai quadrivii, o tu che dall'ombra mostri l'infame cadavere di Ofelia, o Satana abbi pietà della mia lunga miseria!» Ma nella prima versione c'è una tipica scena da «casino» e da iniziazione virile, secondo quanto assicurano persone degne di fede e assidue, un tempo, di quei luoghi. Era abbastanza normale all'inizio del secolo e ancora negli anni Trenta e Quaranta – dicono gli esperti – che un giovane beneducato e lungamente represso perdesse il controllo di sé la prima volta che lo portavano al «casino»: che balbettasse, che tremasse, che si mettesse a gridare. Se poi in vista dell'iniziazione s'era riempito di vino e di bevande alcoliche, il giovane poteva anche «cazzottare troie notturne» e compiere analoghe prodezze. In questi casi interveniva la polizia. Gli agenti della «squadra buon costume» preposta alla vigilanza sui «casini» arrestavano lo scalmanato, lo trascinavano in cella o in camera di sicurezza, ce lo tenevano sottochiave finché la sbornia gli fosse passata: e generalmente tutto finiva lí. Le notti brave dei giovani dabbene non lasciavano tracce nei registri del carcere se non nei casi – rarissimi – che succedessero risse, con ferimenti e omicidi.

Il vino... A Modena e in altre parti d'Italia, all'inizio del secolo, il vino si vendeva e si beveva «a ore», in una sorta di epico confronto tra bevitore e oste che configurava un modello economico purtroppo abortito: oltre il liberismo, oltre il socialismo, la terza via dell'economia mondiale. Il bevitore entrava all'osteria, pagava «l'ora» in anticipo e poi beveva per un'ora tutto il vino che gli entrava in corpo. Generalmente crollava (appena fuori le mura, a Modena, c'era un locale denominato «Sedia Elettrica» per via dei molti che, seduti, non riuscivano piú a rialzarsi da soli): ma capitava pure che fallissero gli osti. Poco lontano dalla «Sedia Elettrica», tra via Armaroli e Via Catecumeno (due vicoli oggi introvabili: al loro posto c'è una piazza) c'erano i vecchi «casini»: e i modenesi che ancora rammentano quei luoghi mi hanno detto che sí, effettivamente potevano corrispondere al racconto di Dino, per via del «vico» e del «quadrivio»... «Però, – hanno subito aggiunto, – un cadetto dell'Accademia non avrebbe mai osato avventurarsi in quei vicoli, nemmeno di notte e nemmeno in abiti civili». «Come dicevano gli americani durante l'ultima guerra: *off limits*, zona proibita...» «Tutto il quartiere era *off limits*». Cosí mi è tornata alla memoria Parma, mi sono chiesto: e se l'iniziazione virile di Dino si fosse compiuta (anzi: se si fosse incompiuta) a Parma?

Certamente c'è, nella vita di Dino Campana, un'esperienza di carcere prima dei vent'anni. Questa esperienza del carcere (di cui si parla anche in un testo del 1916: «A diciott'anni rinchiusa la porta della prigione piangendo gridai: Governo ideale che hai messo alla porta ma tanta ma tanta canaglia morale») può effettivamente essersi verificata a Parma, alla fine di luglio del 1904, ed essere durata un giorno anziché un mese, perché no? Dino, parlando della sua vita col Pariani, usava appunto l'espediente di trasformare i mesi in anni e i giorni in mesi, per abbreviare le indagini...

Immaginiamoci i fatti. Diciamo: che alla vigilia degli esami si dà ai cadetti un permesso straordinario perché vadano a cena coi parenti o s'incontrino con la fidanzata. Addirittura, si chiude un occhio se restano fuori tutta notte: basta che siano presenti al primo appello la mattina dopo. Dino ha un programma, studiato e preparato nei dettagli con un collega Parmigiano. (Il nome vero, non si sa). Prendono il treno per Parma: in casa Parmigiano si cambiano d'abito, poi vanno a cena al ristorante e infine, sazi di tagliatelle e di lambrusco, s'avventurano nella Parma di notte. Fumano sigari, bevono «nocino» e... vanno a donne. (Data l'epoca e la situazione l'esito è inevitabile). Disabituato al fumo e ai liquori il cadetto Campana segue il cadetto Parmigiano come in un sogno: vede il vicolo, la scaletta, la luce, l'infame cadavere di Ofelia. «E la cazzotto». Trambusto. Due guardie acchiappano Dino che si divincola. Il cadetto Parmigiano scappa. La mattina dopo, alla prima rivista, il cadetto Campana è assente ingiustificato e resta assente fino a sera, quando si presenta al comandante dell'Accademia scortato da una guardia della «squadra buon costume» di Parma che espone i fatti e prende congedo. Senza degnare di un'occhiata l'infelice che ha dinnanzi il generale ordina di disarmarlo, cioè di togliergli lo spadino, e di metterlo agli arresti. Passano tre, quattro giorni tra i piú brutti della vita del poeta: i suoi compagni di corso stanno facendo gli esami, e lui... Finalmente, il 4 agosto lo mandano a chiamare dall'ufficio matricola, dove un capitano gli spiega il favore che gli s'è fatto evitandogli l'infamia della degradazione e della pubblica cacciata. «Visto il comportamento non disdicevole fin qui tenuto, e poiché l'autorità di pubblica sicurezza non ha dato seguito alla vicenda... Il generale comandante ha deciso di compiere un atto di magnanimità nei tuoi confronti concedendoti ciò che non meriti: la dichiarazione di buona condotta». Mette una firma sul foglio che ha davanti, lo porge a Dino: «S'intende che non sei idoneo per proseguire il corso e che non hai passato gli esami al grado di sergente». «Come Francesco a Pavia, conservi solo l'onore e la vita per andartene da qui».

Non è difficile immaginare lo stato d'animo di Dino durante il viaggio di ritorno a Marradi; e nemmeno è difficile rappresentarsi l'atteggiamento dei familiari, il corrucciato disdegno del padre, le escandescenze della madre. S'inizia, in casa Campana, il periodo piú violento dei contrasti: che dureranno sei anni e che soltanto nel 1910 accenneranno ad attenuarsi, a diminuire per frequenza e per intensità. Dopo aver compiuto tre tentativi di sbarazzarsi del figlio (due volte mettendolo in manicomio e una volta facendolo emigrare) «Fanny» e Giovanni si adatteranno a mantenerlo, a vestirlo, a vederlo girare per casa: ed è curioso questo fatto, dei genitori rassegnati – quasi fosse cosa naturale – ad accudire il figlio trentenne, che da piccolo avevano scacciato. – Nell'estate del 1904 le liti sono furiose: da una parte si rinfacciano i fallimenti, il disordine, il disonore della famiglia, tutto ciò che può essere rinfacciato ad un ragazzo di diciannove anni; dall'altra parte si reagisce con «impulsività brutale, morbosa». Porte sbattute, parolacce, piatti e bicchieri che volano giú dalla finestra, in cortile. Al centro del trambusto c'è sempre la madre («Perché una donna mi disse pitocco quando ero già coperto di sputi?») che non si adatta a vivere col figlio senza averlo preventivamente domato. Ma non bisogna sottovalutare il ruolo del padre, di quel maestro Campana «uomo integerrimo» – secondo le memorie marradesi – e «severo, che non concedeva nulla al sentimento». Quest'uomo, se pure non perseguita il figlio come sua moglie «Fanny», certamente fa poco per capirlo e non s'adatta a perdonargli d'aver fallito la carriera militare. Nei litigi domestici la sua scelta di campo è netta e coerente con il principio che un galantuomo può anche non andare d'accordo coi figli ma non può mettersi contro la consorte. (Innanzi tutto, il decoro!) C'è poi la questione dell'ereditarietà, la vergogna del Pazzo che probabilmente si risolve in questo stesso periodo con la di lui definitiva manicomiazione ordinata dal sindaco ed eseguita dalla forza pubblica, secondo il disposto della nuovissima legge 14 febbraio 1904. Tanto, che ci sta a fare a Marradi? Dino non è riuscito a passare gli esami dell'Accademia e chissà mai se combinerà qualcosa di buono nella vita, «disordinato» com'è e forse matto. Manlio è tranquillo, poverino, ma ha poca testa per gli studi. Una macchia nell'albero genealogico non gli impedirà di diventare contabile o d'impiegarsi in una Banca. Torquato ha solo una femmina: destinata, come tutte le donne, a vivere e a lavorare in casa... Se poi a Francesco interessa che il Pazzo resti in libertà se lo prenda con sé a Firenze: noi di Marradi siamo stufi. (Cosí ragiona il maestro Campana e cosí da un giorno all'altro si decide il destino del Pazzo: che va a morire in manicomio come sta scritto nella «modula»).

Il paesaggio marradese e l'alta valle del Lamone sono dominati, a nord, da quell'antico castello che nella prosa dei *Canti Orfici* sembra sospeso tra cielo e terra («il castello piú alto e piú lontano»). Sotto il castello c'è Biforco, che è una frazione di Marradi. Da lí, come dice il nome, devía la strada per Campigno: una mulattiera recentemente promossa a carrozzabile grazie ad un poco d'asfalto steso a ricoprire le pietre. Campigno – da non confondersi con Campigna, altro luogo campaniano di fronte al monte Falterona – è un'entità geografica di un genere particolare e, per chi ci sta dentro, globale. Tutto è Campigno: il torrente, la valle, il paese dentro alla valle. Ma poi inoltrandosi per la strada ci si accorge che il paese non c'è, che ci sono soltanto delle case: una casa di qua dal torrente, un'altra di là; una casa sulla montagna e un'altra sotto la strada. Chiedo a una donna impegnata a stendere i suoi lenzuoli sul prato dov'è Campigno. Alza un braccio, fa un gesto circolare: «È qua. È tutto quello che si vede».

Cerco con gli occhi le «rupi» dove «abita permanente il falco». Il paesaggio è modesto. Le montagne, alte settecento o ottocento metri, sono ricoperte da una boscaglia di ginestre, carpini, faggi, rari castagni. Dove si vede la roccia è come se il manto del bosco si fosse sdrucito e lasciasse affiorare una nudità: di falchi, nemmeno a parlarne. Chissà com'erano ottant'anni fa questi luoghi; chissà come Dino li vedeva. Perché lui, quassú, ci veniva spessissimo per leggere e per studiare e per sottrarsi all'ambiente familiare. Per collocare i ricordi «dentro il paesaggio toscano»: per contemplare, di notte, «i bagliori magnetici delle stelle».

A Campigno, all'inizio del secolo, tutti conoscono i Campana. Dino ci viene coi parenti quando ancora ha indosso i calzoni corti e i campignesi lo chiamano «il signorino», «il maestrino». (Riservato e un poco scontroso, Giovanni accenna un saluto ai montanari che s'inchinano, che vedendolo da lontano si tolgono il berretto. Piú comunicativo, Torquato entra nelle case dei bifolchi; s'informa dell'andamento delle malattie, dei parti umani e animali, beve un bicchiere di vino che ricambia con un sigaro, dà scappellotti ai bambini, pedate ai cani e quando se ne va si lascia dietro le spalle un coro di saluti e di benedizioni). Ma è soltanto a partire dall'estate del 1904 che «il maestrino» diventa assiduo della valle: s'apparta dietro le siepi, ci resta immobile per ore tenendo tra le mani un libro e questo suo modo di comportarsi finisce per turbare i poveri campignesi, gli sembra strano e sbagliato... («S'è mai visto un giovanotto di diciannove anni, sano, benestante, che potrebbe star dietro a tutte le ragazze della valle venire a rintanarsi sui monti come un animale?» «Da' retta a me, quello è matto. S'è ammattito a forza di studiare». «Farà la fine di suo zio»). È qui, alle porte di Marradi, che si manifestano i primi «impulsi di vita errabonda» dell'apprendista «demente»; ed è qui che qualche marradese comincia a battersi la tempia quando lo vede arrivare con due o tre libri sottobraccio...

Un altro itinerario campaniano è la strada che partendo dall'estrema periferia di Marradi porta a San Benedetto in Alpe. Qui, a differenza che a Campigno, il paesaggio è subito suggestivo; anche la vegetazione è varia. Pini, cipressi e alti pascoli s'alternano nelle vallate a tratti di macchia mediterranea e a distese spinose di cardi. Lungo i bordi della strada, nei prati, negli interstizi delle rocce occhieggiano i fiori del lino: che all'inizio del secolo veniva coltivato in piccoli campi color cielo proprio a ridosso delle case. Dove i fianchi delle montagne sono più nudi e scoscesi le rocce, strato su strato, parlano di ère lontanissime, di mari scomparsi, di pianure diventate montagne in quell'urto dei continenti che non s'arresta, che è in atto... E ancora capita di imbattersi in immagini che ci riportano agli anni del poeta: la pastorella sul ciglio della strada, il ciuco carico di fascine. Dopo il Passo dell'Eremo (921 metri sul livello del mare) trovo la strada sconvolta dai cingolati che squarciano e dividono la montagna per collocarvi un gran tubo. A urli, nell'inverosimile frastuono, intendo che è un metanodotto...

Dino passava di qua quando andava dai parenti a Premilcuore oppure quando si avventurava lontano da Marradi, in una di quelle sue gite a piedi che potevano durare anche due o tre settimane. Andava a Castagno d'Andrea, a Campigna, alla Falterona. Soltanto tra queste montagne si sentiva «a casa»: e l'unica nota giusta dell'epigrafe che suo zio Torquato gli dettò nel 1928 è per l'appunto l'accenno ai monti del Mugello, della «Romagna toscana». «Dino Campana, – recita l'epigrafe, – nacque il 20 agosto 1885 in Marradi, che è pure patria del prof. Federico Ravagli, noto specialmente in Germania e in America per le sue ricerche di erudizione.

All'età di quindici anni colpito da confusione di spirito, commise in seguito ogni sorta d'errori ciascuno dei quali egli dovette scontare con grandi sofferenze.

Conservò l'onore, benché ormai esso non gli servisse piú a nulla e, come a testimonio di se medesimo, in vari intervalli della sua vita errante scrisse questo libro.

Le ultime notizie di lui si hanno dalle montagne della Romagna toscana».

«All'età di quindici anni colpito da confusione...» Povero Dino Campana, anzi povero Dino Edison: già distrutto dal morbo che gli è entrato nel sangue a Genova nel 1912 e dagli «stimoli elettrici», come pudicamente li chiama lo psichiatra Pariani. («Mi chiamo Dino Edison». «Sono elettrico»). Anche la sua personale epigrafe gli è toccato scrivere... Accade cosí che dopo la morte di Torquato i familiari trovino tra le sue carte, a Marradi, questo strano autografo del poeta; che lo spediscano al Falqui e che poi il Falqui lo pubblichi come «degnissimo commiato da un'esistenza gremita di tribolazioni, ma consapevole della testimonianza di poesia lasciata a chiarimento di sé e del proprio soffrire e del proprio gioire». Nessuno viene sfiorato, neppure alla lontana, dall'idea che su quel foglio, di Dino, possa esserci soltanto la grafia e che il senno e la consapevolezza appartengano invece all'umanista Torquato (assieme all'ammirazione per l'erudito Ravagli «noto specialmente in Germania e in America», al computo delle glorie marradesi, alla certezza che la pazzia del nipote sia cominciata «all'età di quindici anni», al blasone dell'«onore» che non serve «piú a nulla» ma tuttavia c'è...) Che si tratti insomma di un falso, confezionato a fin di bene ma anche piuttosto grossolano... Invece è proprio questa l'unica ipotesi verosimile. L'«autoepigrafe» pubblicata dal Falqui, da cui dovremmo desumere che Dino stando in manicomio ha assunto su di sé il punto di vista degli altri e ha cominciato a occuparsi della storia locale di Marradi, ci rappresenta gli scrupoli che assalgono il povero Torquato probabilmente nel 1928, dopo che ha ceduto a Vallecchi i diritti sull'opera del «demente». E se la ristampa – pensa Torquato – si facesse soltanto per lucrare sulla vicenda di un infelice? Se Vallecchi volesse costruire un caso letterario disonorevole e falso, basato, piú che sui testi del poeta, sugli errori e sulle traversie dell'uomo? (Forse ha letto la prefazione del Binazzi; forse il sospetto è nato da sé). Infine escogita il rimedio. Porterà all'editore, perché l'inserisca nel libro, una nota autografa del nipote: una voce dal manicomio, di riassunto e di giustificazione di un'esistenza tribolata ma senza macchia... La reazione di Vallecchi però è del tutto scoraggiante («Codesta lapide dell'uomo forse andrà bene sulla tomba, tolto l'accenno al Ravagli. Nel libro no: lasci perdere») oppure è lo stesso Torquato che dopo aver dettato l'epigrafe rinuncia a presentarla... Chissà. Due fatti soli sono certi. Che l'epigrafe è poi rimasta, a edificazione dei posteri ed a perpetua memoria di quest'altro Ravagli (il terzo nella biografia del poeta); che è proprio scritta da Dino...

Tornando al 1904, 1905. Sappiamo che Dino trascorre molto tempo sui monti attorno a Marradi; che legge; che suona il piano e – secondo quanto lui stesso dirà a Pariani – che «scrive». (Probabilmente riflessioni, appunti, note di lettura: non ancora poesie). «Scrivevo qualche articolo di critica, – dirà Dino: – sui libri nuovi, libri di poesia. Sono impressioni che scrivevo e non sono state ristampate. La prima: avrò avuto vent'anni». Se sostituiamo alla forma iterativa la forma semplice del verbo («non sono state stampate») abbiamo un dato attendibile: non risulta infatti che Dino Campana abbia mai pubblicato articoli di critica letteraria. Ed è invece probabile, direi, è assolutamente verosimile che all'età di vent'anni lui si arrovelli sui libri che legge, per lo meno su alcuni. Che li discuta con se stesso e li annoti e tenti anche di tradurli, se sono libri di autori stranieri. A un suo parente di Cignato, che è un'altra località di Marradi, Dino affiderà negli anni della guerra «una grossa cassa da saponi, piena zeppa di manoscritti» che – secondo la testimonianza del Bejor – serviranno ad accendere la stufa: «Fino all'ultimo foglio è andato tutto bruciato».

«Arte, o tremenda!, ancora | tu non ti sei svelata. | Noi t'adorammo in vano. ‖ Gloria, tu passi, e ad altre | fronti concedi il bacio. | Noi ti seguimmo in vano. ‖ Amante ignota, ahi troppo | giovine tu sei morta. | Noi t'aspettammo in vano». – Questi versi di D'Annunzio, tra i suoi piú noti all'inizio del secolo, devono aver contato qualcosa nella vita di Dino: se è vero – come io credo – che fino all'estate del 1905 lui resta incredulo e quasi sbigottito di fronte all'idea d'esser poeta. Un poeta – gli dicono i libri – è piú e meno che un uomo. È la rappresentazione tangibile della sopravvivenza del pensiero («D'innanzi a noi nel bujo, | la Morte è senza face. | – Gloria! – Morremo in vano») e dell'arte. In quanto poi alla poesia... Dino sa da D'Annunzio che la poesia è un terribile dono e un'assoluta scommessa; da Carducci, che è un duro tirocinio, un'arte. Le sue personali meditazioni, le letture, l'insegnamento dei professori di liceo ed anche (perché no?) la disciplina dell'Accademia militare: tutto concorre a far sí che nel pensiero del giovane Campana venga lentamente maturando un'idea d'arte ardua e aristocratica, quella stessa che poi, negli anni successivi, lo indurrà a rifiutare l'appartenenza ad una qualsiasi società letteraria («Tutto è sforzo individuale») e ad esprimere sui contemporanei giudizi netti e impietosi. (Su Soffici: «*Un paysan qui aurait lu Baudelaire*». Su Papini: «Ciarlatano di piazza della poesia». Su Prezzolini e seguaci: «I vociani: voci + ani». Sui futuristi: «Vogliono far sorgere un'arte nuova per forza di pottate»). Che lo spingerà a considerare i letterati del suo tempo dilettanti senza solide basi e senza serie aspirazioni; ad accusarli di dilapidare la tradizione artistica italiana e di essere soltanto dei *parvenus*, dei ladruncoli... («Viene alle lettere una generazione di ladruncoli». «Il popolo d'Italia non canta piú». «Oh *parvenu*! Tu sei la rovina»).

«Leggevo molto qua e là», dirà Campana a Pariani. «Carducci mi piaceva molto; Pascoli, D'Annunzio. Poe anche; l'ho letto molto Poe. Dei musicisti ammiravo molto Beethoven, Mozart, Schumann. Verdi anche mi piace; Spontini, Rossini. Eh! questi li so tutti; suonavano sempre la musica italiana in Argentina». Ma sono indicazioni vaghe. Carducci e D'Annunzio e Nietzsche sono certamente tra gli autori che Dino medita e annota sulle montagne di Campigno; anche Pascoli, di cui si avvertono risonanze in alcune poesie giovanili. Il riferimento a letture disordinate e piú ricche di quanto non sia detto in questa breve testimonianza («Leggevo molto qua e là») è del tutto verosimile; infine, circa gli studi musicali, non esistono altre indicazioni che queste scarne, di Dino: «Volevo studiare chimica, ma poi non studiai piú nulla perché non mi andava; mi misi a studiare il piano». «Un po' scrivevo, un po' suonavo il piano».

Fallito il corso ufficiali rimane, a Dino, la chimica («nera scienza catalogale»): sgobbare sui libri e nei laboratori, laurearsi, trovare impiego in una farmacia a preparar polverine fino alla fine dei suoi giorni. Dino promette: studierà. Tra una scenata e l'altra (la madre lo accusa di essere un fannullone, un mangiapane a tradimento, un vagabondo, un disutile; di mandare in rovina la famiglia e di guastarne la reputazione con le sue imprese da pazzo; gli grida: «pazzo!», «fallito!») si decide del suo futuro. Andrà a abitare a Firenze in casa dello zio Francesco; s'iscriverà all'Università di Firenze. Gli si prepara il bagaglio (qualche capo di biancheria, qualche paio di brache e qualche giubba «rivoltata» del padre); gli si compra un paio di scarpe e una valigia di vimini di forma ovale, quella stessa che lo accompagnerà fino in America e a Castel Pulci, dovunque. (Bianca Lusena, Livorno 1916: «Tutto il suo bagaglio era una valigia di vimini ovale, che sembrava piú una cesta che una valigia. In essa teneva qualche vestito, libri, in particolare parecchie copie dei *Canti Orfici*... e una sciarpa nera, anche se era estate...»). Il 20 dicembre 1904 Dino ottiene il trasferimento dall'Università di Bologna all'Istituto Superiore di Firenze ed il passaggio da chimica pura a chimica farmaceutica. A Firenze è ai primi di gennaio e subito lo attrae la città con la sua storia, i suoi monumenti, i suoi spazi raccolti e severi in cui per la prima volta «sente» che si può essere poeti pur continuando a camminare per strada e a vestir panni come tutti. È un'idea semplice eppure folgorante. Firenze, «focolaio di càncheri», città abitata da «una massa di lecchini, finocchi, camerieri, cantastorie, saltimbanchi, giornalisti e filosofi» resta tuttavia uno dei luoghi sulla terra dov'è possibile «inossare i fantasmi». Come poi scriverà a Papini: «Ma se voi avete un qualsiasi bisogno di creazione non sentite che monta attorno a voi l'energia primordiale di cui inossare i vostri fantasmi?»

L'Università, la chimica... Sollecitato dallo zio, Dino frequenta le lezioni ma non si impegna, non riesce a concentrare l'attenzione sulle parole che ascolta, sulle formule scritte alla lavagna. La contemplazione delle studentesse gli ispira accordi ed immagini che sono già frammenti di poesia. («La china eburnea fronte fulgente». «Nel cerchio delle labbra sinuose». «La rosabruna incantevole»). Passa dalle aule di chimica a quelle di lettere senza trovarvi stimoli diversi o maggiori. Esce. Si mescola ai passanti di via Cavour, via dei Servi; guarda le novità esposte nelle vetrine dei librai: D'Annunzio, Pascoli (i *Poemi Conviviali*), le *Malie del passato* di Bertacchi, *Cenere* di Grazia Deledda, *Il cavallo di Troia* di Ugo Ojetti, gli ultimi numeri della rivista «Il Leonardo». Scende per via Calzaiuoli verso piazza della Signoria; entra agli Uffizi, s'aggira per i corridoi e per le sale oppure prosegue oltre Ponte Vecchio verso il giardino di Boboli, sale al piazzale Michelangelo... In via Santo Spirito, a casa dello zio, capita che lo aspettino inutilmente all'ora di pranzo e che poi alla sera gli chiedano: «Dove sei stato?» Dino si stringe nella spalle, fa gesti vaghi: «Cosí... Agli Uffizi a vedere dei quadri». «Un poco a spasso per Firenze...»

La primavera lo eccita come il caffè, unico «vizio» di Dino ventenne. Le sue passeggiate s'allungano verso Settignano, verso Fiesole. Forse un giorno gli capita d'imbattersi in un cavaliere solitario seguito da due levrieri e di riconoscere Gabriele D'Annunzio: ma quell'incontro – se avviene – non lascia traccia o memoria. Nella primavera del 1905 l'infatuazione giovanile di Dino Campana per D'Annunzio (idolo di ben due generazioni, quella di Dino e quella successiva) è già di fatto svanita; né riuscirà a ravvivarla, undici anni piú tardi, la dannunziana Sibilla con le sue declamazioni notturne delle *Laudi*. («Perché leggemmo d'Annunzio prima di partire?, – le chiede Dino in una lettera. – Nessuno come lui sa invecchiare una donna o un paesaggio»). Lo entusiasmano i giardini di Firenze e la luce toscana. Lo entusiasmano la primavera e il portamento delle giovani fiorentine: «Al modo che camminano, si capisce che la terra c'è per reggerle». Della chimica e dell'Università s'è completamente scordato e cosí l'avvocato Francesco Campana scrive al fratello, lo informa che suo figlio non sembra trarre profitto dagli studi di chimica per cui – dice – non manifesta il minimo interesse. «Piú che altro visita i musei e quando è in casa legge libri: romanzi, libri di poesia». Il giovedí successivo – quasi tutte le imprese del maestro Campana si compiono di giovedí, giorno di riposo per gli insegnanti elementari – Giovanni piomba a Firenze col primo treno: è maggio e l'anno accademico sta per concludersi. Dino è già fuori. Suo padre corre all'Università, chiede ed ottiene di parlare col segretario della facoltà di scienze: vanno a controllare gli «statini» degli iscritti agli esami della sessione estiva. «Nessun esame, – dice il segretario. – Del resto, – aggiunge benevolo, – per iscriversi a sostenere un esame bisogna avere l'attestato di frequenza ed io ho i miei dubbi che il ragazzo... Come ha detto che si chiama? Ah, Campana. Dicevo, ho i miei dubbi che codesto suo figliolo abbia frequentato qualcosa... Dia retta a me, già che è qui. Vada negli istituti di fisica, di chimica inorganica, delle materie del primo anno. S'informi se qualcheduno conosce suo figlio. Se è stato visto alle lezioni...»

Agosto 1905. In seguito ad un'ennesima scenata «Fanny» va a stare qualche giorno dai suoi parenti a Premilcuore e noi approfittiamo della circostanza per immaginarci uno sorta di «consiglio di famiglia», un breve dialogo tra i fratelli Campana (anche Francesco è a Marradi) che rappresenti e sintetizzi l'atteggiamento di ognuno nei confronti di Dino. Esordisce il padre: «Io non so piú che pensare di codesto figliolo. Credetemi: le ho provate tutte». «A parlarci insieme sembra ragionevole, lo sapete: buono con tutti tranne che con la madre; d'intelligenza superiore alla media; ma c'è in lui un elemento perverso che vanifica anche le sue qualità positive. Che s'ha da fare? Dite voi. S'ha da trovargli un impiego, magari lontano da Marradi per costringerlo a bastare a se stesso? S'ha da dargli un'ultima possibilità di terminare gli studi? S'ha da portarlo in manicomio per un periodo di cure?» «Già io per me son convinto che c'è in lui qualche cosa che non va. Con noi in famiglia non può stare. Sua madre dice: o lui, o io».

«È un giovane disorientato, – dice Francesco. – Forse tutto quello che gli è successo finora gli è successo per colpa sua, ma non si può sempre contrastarlo e ignorare le sue inclinazioni. Diventa matto per forza». Giovanni: «Matto, purtroppo, lo è già. Se tu vedessi come reagisce quando la madre lo rimprovera... E poi dovresti spiegarci quali sono le sue inclinazioni: andare a spasso? Far poesie?» Torquato: «In fondo ha soli vent'anni. Dei due anni che ha perso, uno se l'era guadagnato saltando la prima classe ginnasiale: perciò io dico che la situazione è riparabile e che può terminare gli studi. Non a Firenze, dove troppe cose lo distraggono: a Bologna e sotto sorveglianza». Francesco: «Ora vi dico che farei se codesto figliolo fosse il mio. Lo toglierei dall'Università, tanto lí non combina nulla, e lo metterei a studiare la musica, le belle arti, la recitazione, mi farei dire da lui stesso in che cosa ha voglia d'impegnarsi e poi seguirei le sue indicazioni». «Dino ha talento d'artista. Perché volete costringerlo a studiar chimica?» Giovanni e Torquato, insieme: «L'ha scelta lui!» «È stato lui!» Giovanni: «E comunque questa storia dell'artista secondo me è campata per aria. Lui va sui monti, legge libri, scribacchia un poco qua e là, a Firenze va a spasso invece di studiare, in casa assorda la madre che, poveretta, soffre d'emicranie, coi suoi esercizi al pianoforte. Ma di qui a dire, Francesco, che abbia un talento qualsiasi...» Torquato: «No, no, Giovanni ha ragione. Sono solo illusioni giovanili... Chi di noi tre, sui vent'anni, non ha scritto almeno una poesia? Chi non ha fatto un sogno d'arte?»

Sappiamo dalle memorie familiari di un incontro di Dino con Carducci nell'estate di questo stesso anno 1905 oppure (ma è meno probabile) nell'estate dell'anno successivo. Carducci, infermo dal 1899, ha lasciato l'insegnamento alla fine del 1904; due mesi dopo, a gennaio, il parlamento del Regno gli ha deliberato una pensione «per meriti straordinari». A Faenza è ospite in casa di certi conti Pasolini e da lí tutte le mattine fa una breve passeggiata fino alla «torre barbara» e ai tavoli all'aperto del Caffè Centrale dove sosta qualche minuto, sotto (anzi: «a lato») la torre. («A lato in un balenío enorme la torre, otticuspide rossa impenetrabile arida»). Dino ha vent'anni, capelli castano chiari e sottili baffi color paglia. Per un motivo che ignoriamo è a Faenza assieme al fratello. Vede il Vate che affabilmente ricambia i cenni di saluto di sconosciuti faentini; che con il suo piglio caratteristico, quasi a scatti, risponde alle loro domande: «Come vi sentite, Maestro?» «Vi tratterrete qualche giorno con noi?» Resta incantato a guardarlo. («Nel portamento della testa Carducci ha del germanico...»). Si avvicina, si inchina. – Del breve dialogo che segue noi non sappiamo nemmeno una parola: ma ci è permesso, ci è lecito immaginare nel vecchio poeta un moto di simpatia per quel giovane dallo sguardo sincero e dai modi impacciati? «Tu come nasci, ragazzo?» «Dino Campana. A Marradi. Studente in chimica». La testa di Carducci ha un soprassalto. «Alchimista... Siediti qua. Senti un po'. Oggi al secol del ferro e del carbone | Mutati in calabroni |

Con l'assenzio facciamo la reazione, | E sputiamo i polmoni». Tace un momento. Riflette: «Sono versi che scrissi molti anni or sono: e adesso il secolo è mutato». «Che secolo sarà mai questo, – si chiede, – di cui a me non è dato vedere che il primo baluginare dell'alba?» «Sono versi molto attuali», arrischia Dino. Ma l'interesse del Vate s'è spento, il breve gesto della mano significa congedo. «A dio, giovane alchimista. Anzi: alla materia. Innalzala».

A Marradi nel 1905 Dino ancora non è ufficialmente lo «scemo del paese» ma si sta avviando a diventarlo, grazie all'apporto disinteressato di una quantità di persone: i vicini di casa che ascoltano il fragore dei suoi litigi con la madre, le beghine con cui «Fanny» si confida, le ragazze in età da marito che non capiscono perché «il figlio del maestro» non manifesti per loro tutta l'attenzione che meritano, i montanari di Campigno, i tifosi dello zio Pazzo, i suoi coetanei e compagni di scuola... Ognuno fa ciò che può per risvegliare quel mostro (la Fama) di cui Virgilio nell'*Eneide* dice che vola di notte, «tra terra e cielo stridula nell'ombra». «A me pare di vederlo, – dirà negli anni Cinquanta l'anziano parroco Pietro Poggiolini, – segnato a dito come uno squilibrato! Come uno che non avesse compreso niente di quel che è il vivere comune. Andava sul Lamone, sul fiume dove aveva giocato da bambino, e chíssà quante idee gli venivano in quel momento! Di certo desiderava poter parlare con qualcuno, ma a lui non si avvicinava nessuno. I bambini, che ordinariamente sono sull'argine o sul letto del fiume, lo osservavano; lui li chiamava, ma i ragazzi, anziché avvicinarsi, fuggivano come lepri... E lui rimaneva a guardarli, poi scuoteva la testa e s'incamminava lungo l'argine calciando i sassi!»

La testimonianza di don Poggiolini registra in modo efficace la fase iniziale di un'ostilità che col trascorrere del tempo assumerà un carattere violento, di persecuzione vera e propria. (I bambini, anziché scappare, cominceranno a dare la baia al «matto», a tirargli pietre, a infilargli gli zolfanelli tra le dita quando è ubriaco, per poi accenderli; gli adulti lo scacceranno dai locali pubblici con la scusa che «non vogliono grane»). Sempre piú spesso Dino si rifugia tra i monti, in quella valle del Campigno che è il suo Far West, il suo Eldorado; che nella prosa dei *Canti Orfici* diventa un luogo incantato, uno scenario mitologico. «Campigno: paese barbarico, fuggente, paese notturno, mistico incubo del caos. Il tuo abitante porge la notte dell'antico animale umano nei suoi gesti. Nelle tue mosse montagne l'elemento grottesco profila: un gaglioffo, una goffa puttana fuggono sotto le nubi in corsa. E le tue rive bianche come le nubi, triangolari, curve come gonfie vele: paese barbarico, fuggente, paese notturno, mistico incubo del Caos».

«Tra cielo e terra stridula nell'ombra...» – Ma prima che la Fama lo afferri, definitivamente, Dino fa ancora un tentativo di rientrare nella normalità e di rappacificarsi con Marradi. Si chiude in camera sua (siamo nell'autunno del 1905) e per mesi e mesi studia le materie del primo anno di chimica con impegno e quasi con disperazione, seguendo le direttive del padre che dovrebbero portarlo, entro l'ottobre del 1906, a recuperare il tempo perduto tornando in pari con gli esami. Studia mineralogia, botanica, fisica, chimica inorganica. (Sappiamo dai registri dell'Università che Dino sostenne appunto questi esami, e che li sostenne a Bologna; sappiamo i voti, che dirò). Per ottenergli gli attestati di frequenza suo padre si fa ricevere dal segretario di facoltà, riesce a impietosirlo con storie che a forza d'essere raccontate ormai son vere. Gli dice: «Mio figlio ha sofferto disturbi d'origine nervosa, l'anno scorso a Firenze gli è presa una mania di vagabondaggio che lo spingeva a disertare le lezioni, ha perso l'anno. Ora studia da sé, s'impegna per recuperare il tempo perduto ed io credo che ce la farà se qualcuno gli darà una mano, se i professori vorranno aiutarlo». All'inizio di febbraio Dino ha completato la preparazione in tutte le materie, soltanto in fisica ha qualche incertezza. Arriva il giorno designato. L'aspirante farmacista parte da Marradi che è ancora notte, col treno, e dopo varie peripezie riesce a superare il suo primo esame (botanica) riportando, inevitabilmente, il minimo dei voti: diciotto trentesimi. – Perché ho scritto «inevitabilmente»? Per questo semplice motivo: che l'istituzione Università nei primi anni del secolo ha dei modelli comportamentali ricorrenti, tali da rendere piuttosto prevedibile il rapporto professore-allievo. Nell'ottica professorale (e va da sé che qui si intende cogliere la generalità del fenomeno, tralasciando singoli casi) l'allievo è solo un intoppo che rallenta il lavoro di ricerca: che ostacola le consulenze, le visite, gli affari. È un seccatore da tenere «al suo posto» e se possibile anche un poco piú in là. Con i ritardi «accademici» gli si ruba sul tempo delle lezioni; con le bizze professorali degli esami differiti o annullati per futilissimi motivi gli si fa perdere tempo, soldi, fatica; con le professorali mattane di rabbuffi, dileggi, assegnazione di compiti smisurati o incongrui gli si rammenta che lui, di fronte al professore, è nulla. Ciò che piú rende un allievo sopportabile agli occhi del Maestro sono le doti di servilismo e di canina devozione: l'ingegno, la conoscenza della materia passano in secondo piano anzi rischiano di essere guardati con sospetto («chi crede d'essere, quello?»). Non è quindi pensabile che un allievo ignoto al Maestro gli si presenti davanti, senza frequenze e senza sofferenze, nel momento supremo dell'esame, e ottenga un voto discreto... Già il professore ha fatto il miracolo di ammetterlo. Potrà arrivare a promuoverlo se dimostrerà d'essere umile, diligente, simpatico: ma con il minimo dei voti!

L'allievo ignoto Campana, nel febbraio 1906, supera l'esame di botanica e poi si presenta a sostenere gli esami di mineralogia e di chimica inorganica non avendo una probabilità al mondo di ottenere voti superiori ai diciotto trentesimi per il motivo che s'è detto (non ha sofferto a causa dei Maestri) e perché un'altra consuetudine accademica vuole che la prima votazione determini la successiva, in modo quasi meccanico e sempre a svantaggio dell'allievo. (Cioè il voto può ridursi ma non può crescere). Accade cosí che il quarto esame, quello di fisica, sia sostenuto da Dino in modo tale che se lui avesse sul libretto tre voti superiori al venti il professore gli darebbe diciotto e la cosa finirebbe bene. Avendo lui tre diciotto il professore gli scrive sul libretto «quindici» e glielo rende accompagnando il gesto con un commento un po' ironico, secondo gli usi dell'epoca. (Per esempio: «L'altra metà del voto gliela darò alla prossima sessione se avrà studiato. Buon giorno»).

«Riferisce Mario Bejor (intimo di Campana negli anni dall'11 al 14, grosso modo) che, secondo le confidenze avute dal poeta, questi, cinque anni prima, cioè verso il 1907, trovandosi un giorno alla stazione di Bologna, fu preso da un improvviso desiderio di partire. Con solo qualche soldo in tasca, s'infilò nel primo treno in partenza per il nord e lungo tutto il viaggio rimase nascosto in un gabinetto di decenza...» Cosí il Gerola, nella sua biografia di Campana: ma la data non è attendibile. Nel 1907, a Dino, succederanno altre cose. La «grande fuga» dalla famiglia, da Marradi, dall'Università, dalla società ingiusta e ipocrita che lo opprime si compie all'inizio del 1906 e secondo ogni verosimiglianza va messa in rapporto con il risultato dell'esame di fisica. – Da via Zamboni, dove ha sede l'Università, Dino s'avvia verso la stazione nella nebbia fitta di febbraio. I suoi pensieri sono cupi come il paesaggio che ha intorno. «Il malvagio vapore della nebbia intristisce tra i palazzi velando la cima delle torri, le lunghe vie silenziose deserte come dopo il saccheggio. Delle ragazze tutte piccole, tutte scure, artifiziosamente avvolte nella sciarpa traversano saltellando le vie, rendendole piú vuote ancora. E nell'incubo della nebbia, in quel cimitero, esse mi sembrano a un tratto tanti piccoli animali, tutte uguali, saltellanti, tutte nere, che vadano a covare in un lungo letargo un loro malefico sogno».

Entra in stazione, va ai treni. «Sulla linea ferroviaria si scorgeva vicino, in uno scorcio falso di luce plumbea lo scalo delle merci». «Dei colpi sordi, dei fischi dallo scalo accentuavano la monotonia diffusa nell'aria. Il vapore delle macchine si confondeva colla nebbia: i fili si appendevano e si riappendevano ai grappoli di campanelle dei pali telegrafici che si susseguivano automaticamente».

Legge gli orari, su un cartello, delle partenze per Rimini. E tutt'a un tratto si rende conto che non intende ritornare a Marradi: che qualunque destino, per lui, è preferibile all'incubo di quell'ambiente e di quelle persone. (Agli urli ed alle convulsioni della madre isterica; al vano e un po' ridicolo sussiego del padre; all'incomprensione e all'ostilità della gente). Lí, sui due piedi, decide: prenderà un treno, se ne andrà. Senza una meta, senza soldi, senza rimpiangere niente di ciò che lascia. Con quest'unica certezza, infine: che se pur tutto andrà male, non sarà peggio che in passato. S'alza e s'avvia verso un treno che è appena entrato in stazione, chiede ad un ferroviere: «Dove va?» L'interpellato non capisce. «Dove va, cosa?» «Quel treno». L'uomo consulta l'orologio. «Quello è il diretto per Milano che poi prosegue per la Svizzera».

La «grande fuga» si colloca tra la fine di febbraio del 1906 e il 10 maggio di quello stesso anno (data della seconda visita psichiatrica a cui il maestro Campana sottopone il figlio). Che cosa accadde in quei mesi, Dino non disse e non tacque. Velò, com'era suo solito. Sfumò in una sorta di dissolvenza in cui il ricordo si fa sogno. «Oh! ricordo!: ero giovane, la mano non mai quieta poggiata a sostenere il viso indeciso, gentile di ansia e di stanchezza. Prestavo allora il mio enigma alle sartine levigate e flessuose, consacrate dalla mia ansia del supremo amore, dall'ansia della mia fanciullezza tormentosa assetata. Tutto era mistero per la mia fede, la mia vita era tutta un'ansia del segreto delle stelle, tutta un chinarsi sull'abisso. Ero bello di tormento, inquieto pallido assetato errante dietro le larve del mistero. Poi fuggíi. Mi persi per il tumulto delle città colossali, vidi le bianche cattedrali levarsi congerie enorme di fede e di sogno colle mille punte nel cielo, vidi le Alpi levarsi ancora come piú grandi cattedrali, e piene delle grandi ombre verdi degli abeti, e piene della melodia dei torrenti di cui udivo il canto nascente dall'infinito del sogno. Lassú tra gli abeti fumosi nella nebbia, tra i mille e mille ticchettíi le mille voci del silenzio svelata una giovine luce tra i tronchi, per sentieri di chiaríe salivo: salivo alle Alpi, sullo sfondo bianco delicato mistero. Laghi, lassú tra gli scogli chiare gore vegliate dal sorriso del sogno, le chiare gore i laghi estatici dell'oblío che tu Leonardo fingevi».

Cosí si legge in una prosa dei *Canti Orfici* (*La notte*).

E non è difficile riconoscere i luoghi della fuga di Dino: Milano, i laghi, la Svizzera... Ma la fuga prosegue. Altri ricordi, altre tracce affiorano in altri testi dei *Canti Orfici* ad integrare il racconto interrotto. Per esempio in *Dualismo* (*Lettera aperta a Manuelita Etchegarray*) Dino dice d'aver ricordato Parigi sotto le «lampade elettriche» della piccola biblioteca di Bahia Blanca: e quindi, implicitamente, d'essere andato a Parigi prima di andare in Argentina. O nell'*Incontro di Regolo*: dove si parla di un vagabondo – Regolo – che Dino ha ritrovato in America nel 1908, ma che già conosceva avendolo incontrato in Italia, «per la strada di Pavia», «scalcagnato, col collettone alle orecchie». È troppo azzardo pensare che l'incontro con Regolo avvenga il giorno stesso della fuga di Dino da Bologna? Che il personaggio in questione sia il suo primo compagno di *bohème*? (Due particolari inducono a formulare questa ipotesi e a ritenerla veritiera. Anzitutto, la «strada di Pavia»; poi, il «collettone alle orecchie»: che ci riparla della nebbia e del gelo d'un giorno di febbraio...)

Lo stratagemma di chiudersi nel gabinetto, in treno, non è di quelli che portano lontano e Dino scende alla stazione di Piacenza, si fa indicare la strada per Milano, attraversa un ponte lunghissimo su un fiume che dev'essere il Po, che anzi certamente è il Po: e già si trova tra i campi. (Dov'era, dunque, la città?) Cammina nella nebbia per un tempo che non saprebbe dire – un'ora forse, o due ore – finché vede davanti a sé un uomo che procede nella sua stessa direzione, curvo sotto il peso di due enormi bisacce: e gli s'affianca, gli parla. (Cosí, per farsi compagnia. Per sentire il suono della propria voce. Prima che l'Italia diventasse un unico circuito automobilistico, dalle Alpi all'estremità della Sicilia, la gente ancora si parlava). Gli chiede se anche lui va a Milano e si offre di portargli una bisacca. «Vado a Pavia, – dice l'uomo. – Svolto a sinistra al prossimo paese». Posa le bisacce, si presenta: «Regolo Orlandelli, ambulante».

Regolo Orlandelli... Chissà se poi veramente questo *alter ego* di Dino si chiamava cosí. Il cognome c'è soltanto nel libro del Pariani, a cui Dino dava, di proposito, notizie vaghe e imprecise. «Regolo è uno che andò in Argentina. Si chiamava Regolo Orlandelli, era di Mantova. Lo incontrai in Argentina, a Bahia Blanca. Prima l'avevo conosciuto presso Milano. Viaggiava il mondo. In America aveva un'agenzia di collocamento: a Milano faceva il commercio ambulante. A Genova lo incontrai per caso dopo essere stato in Argentina. Credo sia morto; deve essere morto certamente». Lo scrittore argentino Gabriel Cacho Millet mi ha detto di aver cercato notizie di questo Regolo Orlandelli di qua e di là dall'oceano e di non averne trovate: ma ciò non significa che Regolo sia un'invenzione di Campana, anzi io mi sentirei di escludere questa eventualità basandomi sulla constatazione che – per quanto ne so e fino a prova contraria – nei *Canti Orfici* non c'è nulla di completamente inventato. Anche i minuti dettagli, anche le cose apparentemente insignificanti hanno poi un loro riferimento reale, prossimo o lontano. – Tornando a Regolo: forse si chiamava Orlando Regolini anziché Regolo Orlandelli; forse non era di Mantova ma di Rovigo; chissà. E può anche darsi davvero che il tempo abbia cancellato ogni traccia di lui, in Argentina e in Italia. Le mie ricerche su Dino Campana mi hanno insegnato quanto sia difficile ricostruire la vita di un uomo che non è stato storicizzato in vita. Ogni ricordo si perde nel volgere di pochi anni, al massimo di qualche decennio; le guerre e l'incuria dei vivi distruggono registri, archivi, documenti. Una panca, un tappeto possono durare per secoli: il ricordo di un uomo no. Come sta scritto nel *Libro*: «Un infinito vuoto. Un infinito niente. Tutto è vuoto niente».

La vita del vagabondo Regolo ricorre nella vita di Dino con analogie sorprendenti e – almeno in un caso – profetiche. Apriamo dunque i *Canti Orfici* alla pagina dove si parla dell'ultimo incontro tra Dino e Regolo, a Genova; rileggiamo nei *Canti Orfici* (stampati, si ricorderà, nell'estate del 1914) la descrizione di Regolo paralizzato, irritato, che continua a toccarsi «la parte immota» del volto e vuole andarsene, partire...

«Impestato a piú riprese, sifilitico alla fine, bevitore, scialacquatore, con in cuore il démone della novità che lo gettava a colpi di fortuna che gli riuscivano sempre, quella mattina i suoi nervi saturi l'avevano tradito ed era restato per un quarto d'ora paralizzato dalla parte destra, l'occhio strabico fisso sul fenomeno, toccando con mano irritata la parte immota. Si era riavuto, era venuto da me e voleva partire».

«Ma come partire? La mia pazzia tranquilla quel giorno lo irritava. La paralisi lo aveva esacerbato. Lo osservavo. Aveva ancora la faccia a destra atona e contratta e sulla guancia destra il solco di una lacrima ma di una lacrima sola, involontaria, caduta dall'occhio restato fisso: voleva partire».

«Camminavo, camminavo nell'amorfismo della gente. Ogni tanto rivedevo il suo sguardo strabico fisso sul fenomeno, sulla parte immota che sembrava attrarlo irresistibilmente: vedevo la mano irritata che toccava la parte immota. Ogni fenomeno è per sé sereno».

Regolo Orlandelli e Dino Campana si separano «in piazza Corvetto» a Genova, definitivamente («Lui partí»): ma le loro vite continuano a svilupparsi parallele verso un medesimo epilogo. Nell'estate del 1915 anche per Dino arriva la paralisi, e con la paralisi la stessa malattia a cui Regolo voleva sfuggire. Ed è – quella malattia – una sorta di tenebra che a poco a poco gli oscura l'intelletto: una cosa orrenda, gelida, senza nome. «Intanto crepavo a Firenze per un principio di paralisi vasomotoria al lato destro e quei fiorentini mi hanno rifiutato l'entrata in ospedale. Ora mi rimetto da me. Sappia intanto che ero in cura per *nefrite* avendo la congestione cerebrale durante un mese all'ospedale locale» (lettera a Mario Novaro, 25 dicembre 1915). «*Je suis maintenant un peu paralisé*» (lettera a Giovanni Boine, 17 gennaio 1916). «Sono ammalato da sette mesi. Ho avuto la congestione cerebrale; ora ho un po' di indebolimento dei centri circolatorii al lato destro. Spero ancora di guarire benché molte cose vi si frappongano. Non importa» (lettera al fratello, 1° aprile 1916). «La salute va al solito. Un po' di gonfiezza dal lato destro e brividi. Sono stato quaranta giorni all'ospedale di qua, dove per fregarsi di me hanno detto che avevo: *la nefrite*!!» (lettera a Emilio Cecchi, 28 marzo 1916). «Scrivere non posso, i miei nervi non lo tollerano piú» (lettera a Novaro, 12 aprile 1916: e val la pena di notare come nel crepuscolo della ragione di Dino Campana – iniziatosi appunto nell'autunno del 1915 – la prima cosa che si spegne sia la poesia. Cui, evidentemente, gli squilibri mentali non giovano...)

Ma la malattia misteriosa, si dirà; questa che Dino chiama «congestione cerebrale», che i medici dell'ospedale di Marradi chiamano «nefrite» e che il Pariani, psichiatra, considera fase iniziale della «pazzia dissociativa» («Avvengono talvolta simili accessi all'inizio della pazzia dissociativa») è destinata a restare misteriosa oppure la sua sintomatologia corrisponde a qualcosa che si conosce, che ha un nome? Prima di rispondere a tale domanda i medici da me interpellati si sono dilungati in premesse sull'impossibilità di arrivare oggi, a piú di cinquant'anni dalla morte del soggetto e basandosi soltanto su fonti letterarie, ad affermare alcunché in modo assolutamente certo, provato e incontrovertibile. Ma poi anche tutti sono stati concordi nel dire che i dati di cui disponiamo sulla malattia di Dino Campana fanno pensare a sifilide, anzi a «sifilide nervosa»; da lui contratta nel febbraio del 1912 a Genova e entrata in fase terziaria dopo poco piú di tre anni, nell'estate del 1915. Di questa forma di sifilide vengo a sapere, parlandone, che si trasmette attraverso un microorganismo, la *Spirochaeta pallida* di Schandinn; che si manifesta piú o meno coi sintomi della meningite e che nella pratica manicomiale è stata considerata, fino agli anni Trenta e Quaranta, una qualunque «demenza» da curarsi con l'elettricità, le percosse, i letti di contenzione, la segregazione coatta...

Marzo 1906. Dino Campana segue Regolo prima a Pavia e poi a Milano: lo aiuta nel suo commercio (forse d'attrezzi per cucito o di cravatte o altro ancora) e ne riceve consigli sull'arte di sopravvivere, di traversare le frontiere, di sfuggire ai poliziotti di tutte le nazionalità. I due restano insieme dieci o dodici giorni, poi Dino va alla stazione di Porta Tosa da dove partono i treni per la Svizzera e si nasconde su un «merci» per Bellinzona. Passa il San Gottardo a piedi (i laghi, le «chiare gore» che lui vede salendo «tra gli scogli» sono appunto i piccoli laghi sotto il valico del San Gottardo) ed entra nella Svizzera tedesca. Dormendo dove capita, mangiando per strada, all'impiedi, arriva a Zurigo e a Basilea. Qui resta definitivamente senza soldi e cerca lavoro al Luna Park, si aggrega ad un gruppo di zingari. Come dirà poi a Pariani: «Vendevo le stelle filanti nelle fiere. I Bossiaki sono come zingari. Nei dintorni vendevamo calendari, stelle filanti. Sono compagnie vagabonde di cinque sei persone. Il tiro a bersaglio fu in Svizzera». La testimonianza è piuttosto confusa ma par di capire che a Basilea (o a Zurigo) Dino aiuti a gestire un chiosco del tiro a segno, e che quando i proprietari del chiosco si spostano lui li segua facendo i loro stessi piccoli commerci; in terra di Francia, ormai. Il resto è nei *Canti Orfici*: «Rivedo ancora Parigi, Place d'Italie, le baracche, i carrozzoni, i magri cavalieri dell'irreale, dal viso essiccato, dagli occhi perforanti di nostalgie feroci, tutta la grande piazza ardente di un concerto infernale stridente e irritante. Le bambine dei

Bohémiens, i capelli sciolti, gli occhi arditi e profondi congelati in un languore ambiguo amaro attorno allo stagno liscio e deserto. E in fine Lei, dimentica, lontana, l'amore, il suo viso di zingara nell'onda dei suoni e delle luci che si colora di un incanto irreale: e noi in silenzio attorno allo stagno pieno di chiarori rossastri: e noi ancora stanchi del sogno vagabondare a caso per quartieri ignoti fino a stenderci stanchi sul letto di una taverna lontana tra il soffio caldo del vizio noi là nell'incertezza e nel rimpianto colorando la nostra voluttà di riflessi irreali!»

Il letto nella «taverna lontana» è l'ultimo ricordo francese di Dino: che della Parigi piú nota e celebrata, della Parigi capitale mondiale della cultura e dell'arte non vede nulla. Tra il 5 e il 9 di maggio, improvvisamente, lui ricompare a Marradi: rimpatriato dalla gendarmeria francese perché privo di passaporto e consegnato ai poliziotti italiani al Fréjus o ad altro valico piemontese. La «grande fuga» è finita.

Facciamo ora un passo indietro, per recuperare una parte della storia che s'è perduta. Torniamo in casa Campana negli ultimi giorni di febbraio. Dino è scomparso. «Fanny» non formula ipotesi, non manifesta emozioni: reagisce alle circostanze chiudendosi nel suo silenzio, nel suo scialle, nelle sue solite preghiere. Diverso è invece l'atteggiamento del padre. Indifferente sulle prime, anche per consiglio del fratello Torquato («Vedrai che è andato al casino») il terzo giorno che il figlio manca da casa Giovanni corre a cercarlo a Bologna, all'Università: scopre che è stato bocciato nell'esame di fisica e pensa al peggio, si dispera. Inveisce contro la moglie: «Sei stata tu a tormentarlo, a rendergli la vita impossibile». Contro se stesso: «Sono io. È colpa mia. Sono un mostro». Il quinto giorno d'assenza – la ricostruzione dei fatti è, naturalmente, «romanzata» – dopo una notte trascorsa a fumare sigari e a camminare per casa, Giovanni torna a Bologna e va in Questura a denunciare la scomparsa del «minore» Campana Dino d'anni venti, nato e domiciliato a Marradi, studente in chimica all'Università. In paese corrono voci: «È morto il figlio del maestro». «Quello piú grande, un po' matto». «Ma no, è soltanto scappato». «L'hanno bocciato a un esame e lui è scomparso». «S'è visto l'ultima volta vicino al greto del Lamone». «Gesummaria, cosí giovane!» «L'hanno trovato sui binari del treno. Non s'è potuto riconoscere perché mancava la testa». Marianna e Barberina mettono il lutto, che consiste nel togliere dal loro abbigliamento già prevalentemente nero ogni nota residua di colore. I genitori di ragazzi scapestrati o poco studiosi dicono al proprio rampollo: «Farai la fine del figlio del maestro!»

Passano i giorni, le settimane, i mesi. Un'atmosfera pesante, quasi tetra, grava su casa Campana: dove Giovanni e «Fanny» non si rivolgono la parola ed anche Manlio si trattiene meno che può. Ai primi d'aprile il maestro Giovanni torna a Bologna, in Questura, per chiedere se ci sono notizie del figlio. Quando gli dicono di no scoppia in singhiozzi: «Ormai è morto». «È un mese e mezzo che è via, senza soldi e senza documenti. Come potrebbe esser vivo?» Un commissario, impietosito, s'alza e va a mettergli una mano sul braccio. «Suo figlio è vivo, dia retta. Se fosse morto l'avremmo trovato. Non lo troviamo perché è vivo».

Dino ricompare a Marradi e la gente per strada lo guarda come se vedesse un fantasma. Entra al caffè Croce Bianca ma il proprietario lo scaccia: «Non voglio storie. Via, via!» A casa, si rifugia nell'appartamento dello zio Torquato e lí subisce il primo interrogatorio: «Dove sei stato?» «Cos'hai fatto?» «Chi ti ha mantenuto mentre eri all'estero?» Al piano di sopra scoppia la tragedia: urli, rovinio di stoviglie. «Fanny» Campana, «risentita», vuol fare le vàlige e andarsene definitivamente; Giovanni la trattiene e le promette che porterà il figlio in manicomio, domani stesso. Le dice: «Questa volta lo metto in manicomio e ce lo lascio fin che vive perché quando uno si comporta come lui o è delinquente o è demente. Tenerci in ansia per piú di due mesi e senza una parola, un rigo!» Da uomo esperto in questioni organizzative programma il fatto. Le dice: «Giust'appunto domani è giovedí e sono libero da scuola. Vado con Dino a Bologna: prima lo porto in Questura perché forse il commissario lo deve interrogare, e poi gli faccio fare una carta da un luminare della medicina, che so, dal Murri o dal suo assistente Vitali: da qualcuno a cui non si possa rifiutare un ricovero. Cosí passando per Imola lo lascio in cura da Brugia».

Il giorno dopo, 10 maggio, Giovanni esegue il piano stabilito e alla sera ricompare a Marradi assieme al figlio: la cui manicomiazione – spiega all'arcigna «Fanny» – ha incontrato ostacoli imprevisti e dovrà subire un rinvio. «Innanzitutto, – dice il maestro Campana, – il professor Vitali che l'ha visitato mi ha fatto tante di quelle domande... Se lo costringiamo a studiare contro volontà; se in famiglia lo tormentiamo; se va d'accordo con la madre. Senti un po' cos'ha scritto per Brugia». Cava di tasca la lettera del Vitali, inforca gli occhiali. Legge: «Si tratta di una forma psichica a base di esaltazione... uso di preparati bromici... – Ah, ecco. – Insisti perché i suoi lo lascino tranquillo». Posa la lettera sul tavolo. Mormora: «Sembra quasi che sia colpa nostra se lui è esaltato...» «Fanny» ha un moto d'impazienza: «E allora?» Giovanni allarga le braccia. «Allora niente. Siamo stati al manicomio di Imola e lí mi hanno detto che per ammetterlo devono aspettare che compia ventun anni, che non accettano i minori». Tace un momento. Racconta: «Brugia non c'era. Ho parlato con un suo aiutante che mi ha spiegato come stanno le cose ora che c'è questa nuova legge sui manicomi; mi ha detto che potevo risparmiarmi la visita del Vitali, che la sua lettera non serve. Tra poco piú di tre mesi – ha detto l'assistente del Brugia – suo figlio sarà maggiorenne e per ricoverarlo basterà che il medico del Comune compili uno stampato di cui tutti gli ufficiali sanitari dispongono a norma di legge». «Come s'è fatto con mio fratello, ricordi?» «Il sindaco emette l'ordinanza e poi vengono in casa i carabinieri per portar via l'ammalato, sono loro, adesso, che accompagnano i matti in manicomio».

La visita del professor Vitali, in data 10 maggio 1906; la lettera per Brugia che il maestro Campana si fa scrivere, credendola necessaria all'internamento del figlio, e che poi viene trasmessa al destinatario soltanto il 13 settembre, quando Dino è già in manicomio; la coincidenza quasi perfetta della data di compleanno con quella di manicomiazione; la scelta, infine, dell'istituto psichiatrico, che dovrebbe essere quello di Firenze e invece è quello di Imola in quanto «prescelto dalla famiglia», come consente l'articolo 46 della legge 14 febbraio 1904, n. 36... Tutto induce a credere che i coniugi «Fanny» e Giovanni Campana fecero chiudere in manicomio il figlio ventunenne eseguendo un piano elaborato con mesi d'anticipo e messo a punto con la collaborazione dei notabili del paese cioè del sindaco geometra Giovanni Baldesi, dell'ufficiale sanitario dottor Augusto Pellegrini, del farmacista, del capostazione, del direttore della posta... – C'è a Marradi all'inizio del secolo, e vi funziona come in ogni altra parte della provincia italiana, una società di notabili (il «Circolo Marradese» con sede in piazza Scalelle) che pressappoco corrisponde all'elettorato attivo e passivo del circondario o, per dirla con Gozzano, all'«ínclito collegio | politico locale». Di questa società di cittadini alfabetizzati, maschi e benestanti, Dino fa parte di diritto dal giorno della sua nascita; ed è appunto il «Circolo Marradese» che lo custodisce e lo accudisce, nell'estate del 1906, mentre lui attende di compiere gli anni per essere ammesso nel manicomio di Imola. Sono i «civili» di Marradi che s'incaricano, in via provvisoria, della tutela del «matto». C'è una fotografia, in municipio, che mostra Dino sui monti con i notabili del luogo. Senza data né altre indicazioni, potrebbe essere stata scattata – a giudicare dall'aspetto del poeta e del maestro Campana – nell'estate del 1906 o, al massimo, nell'estate successiva...

Dino diventa maggiorenne secondo la legge dell'epoca il 20 agosto 1906, giorno del suo ventunesimo compleanno. Il 3 settembre, lunedí, come Pinocchio tra i gendarmi va in stazione a prendere il treno che lo porterà ad Imola. Della «modula informativa» compilata in questa circostanza dall'ufficiale sanitario si conoscono solo quattro voci che io qui trascrivo integralmente, mettendo nella parte sinistra del foglio il questionario stampato e nella parte destra le risposte autografe del medico:

Cause fisiche e morali della pazzia.	Dedito al caffè del quale è avidissimo e ne fa un abuso eccezionalissimo.
Manifestazioni sintomatiche attuali tanto fisiche che psichiche della pazzia.	Esaltazione psichica. Impulsività e vita errabonda.
Diagnosi della forma di pazzia e, se è possibile, della natura di essa.	Demenza precoce?
Dichiarazione delle ragioni per le quali il medico sottoscritto ritiene necessaria la custodia e cura del mentecatto in Manicomio.	Per toglierlo dai pericoli del suo stato impulsivamente irritabile e per la sua vita errabonda che lo potrebbe esporre a gravi pericoli.

A parte l'ultima risposta, che si spiega da sola, le altre richiedono qualche commento e qualche nota a margine. Per esempio a proposito del caffè come unica *causa fisica e morale della pazzia* va rilevato che non ci sono altre testimonianze, né anteriori né posteriori, di «abuso eccezionalissimo» di caffè da parte di Dino; risulta anzi che lui negli anni successivi abbia sostituito questa bevanda col tè. (Lettera a Anstrid Anhfelt: «La pregherei di unire un pacchetto o due di Hornigham tè». Lettera a Sibilla Aleramo: «Mandami un quarto chilo di The Hornimas unica gioia»). È anche interessante notare come in questa modula del 1906 Dino risulti astemio, mentre nella modula del 1909 – dove di caffè non si parla – c'è la parola «alcolismo». Circa le *manifestazioni sintomatiche* osserviamo che il sanitario di Marradi un po' s'appoggia all'autorità del Vitali («Si tratta di una forma psichica a base di esaltazione») e un po' riferisce le inquietudini del padre cosí come gli sono state confidate: in particolare, la parola «impulsività» allude ai contrasti familiari ed è la stessa usata dal maestro Campana. Infine, circa la *diagnosi*, dobbiamo dire che l'espressione «demenza precoce» è scomparsa dall'uso psichiatrico e che non designava alcunché di scientificamente difendibile ma soltanto una forma di «demenza» cosí denominata – dicono i manuali dell'epoca – «per il suo esordire avanti le altre». (Affetti da demenza precoce potevano essere, in pratica, la prostituta minorenne come il bambino cerebropatico o l'adolescente disadattato che si rendeva responsabile di un crimine).

Entriamo con Dino nel manicomio di Imola. Assistiamo alla conta degli oggetti, alla rasatura del cranio, alla disinfezione generale, alla vestizione con una ridicola divisa di lanetta marrone, larga e corta. («Ti sta a pennello», assicura l'infermiere). Alle misurazioni antropometriche eseguite dall'assistente del Brugia. (Che probabilmente commenta: «Cranio trocomorfo, da assassino»). Immaginiamo l'ambiente coi corridoi, gli stanzoni, le inferriate a tutte le finestre, le catenelle a tutti i letti, i secchi degli escrementi, il fetore, gli urli; immaginiamoci gli internati, che nella prassi manicomiale sono detti indistintamente «dementi» e che invece andrebbero divisi in almeno due categorie, quella dei decaduti e quella dei degenerati. I decaduti («gente decaduta», li chiama Dino Campana) sono coloro che, partendo da condizioni relativamente normali, conservano anche in manicomio un barlume d'intendimento e un minimo di dignità. Si riconoscono dai degenerati perché non tentano d'accoppiarsi, fanno i bisogni nelle latrine, non mangiano la minestra se ci trovano scarafaggi o vermi, curano la pulizia personale e in qualche caso sono in grado di sostenere una conversazione, di fare domande e di dare risposte sensate. Prima d'entrare in manicomio costoro erano epilettici, alcolizzati, lunatici o stravaganti mal tollerati dai familiari, rivoluzionari senza rivoluzioni, inventori senza invenzioni; ora l'ambiente li ha assimilati, spegnendo in loro ogni residuo di individualità. I degenerati invece sono quei «dementi» che, sommando alle tare originarie la cosiddetta «demenza manicomiale», hanno perso tutte le caratteristiche migliori dell'uomo e anche dell'animale in senso lato. I loro comportamenti sono aberranti comunque si manifestino, dalla quiete assoluta degli ebeti all'aggressività convulsa dei «pericolosi per sé e per gli altri». Ma il manicomio è un inferno proprio per questo motivo, che fa convivere per forza decaduti e degenerati e «dementi» d'ogni categoria. Tale convivenza – secondo la legge del 1904 già piú volte citata – non dovrebbe riguardare gli ammessi «in via provvisoria»: che, anzi, dovrebbero essere tenuti scrupolosamente separati dagli altri, senza nemmeno la possibilità di vederli. («Durante il periodo di osservazione, – recita l'articolo 58 del Regolamento applicativo, – i ricoverati nei manicomi debbono essere tenuti costantemente nell'apposito locale... Per l'infrazione di tale disposizione, non giustificata da assoluta necessità, il direttore è sottoposto ad una pena pecuniaria da £. 20 a £. 100»). Ma in manicomi piccoli come quello di Imola la separazione tra ammessi «in via provvisoria» e ammessi «definitivamente» è piú fittizia che reale: riguarda l'ubicazione dei letti, non le latrine o gli ambulatori o quei due o tre corridoi dove i «dementi» di tutte le razze devono poi trascorrere le giornate, inevitabilmente mescolati tra loro...

Essendo una persona normale, Dino reagisce al manicomio alternando crisi di sconforto e accessi di furore: si ribella e viene battuto, urla e lo legano al letto, insomma si comporta «da pazzo». Brugia chiede al Tribunale di ammetterlo in via definitiva (i documenti, purtroppo, non sono piú reperibili). Il Tribunale di Bologna, basandosi sulla diagnosi del Brugia, decreta che Dino è pazzo; convoca i genitori del demente per procedere alla nomina di un tutore e a questo punto, se non si verificassero fatti nuovi, la storia di Dino Campana potrebbe finire come nelle favole con lui che vive cent'anni, definitivamente sottratto ai pericoli del suo «stato impulsivamente irritabile» e della «vita errabonda». Ma i fatti nuovi si verificano ad opera dei parenti che vanno ad Imola a trovarlo e ne ritornano sconvolti. «Come sta Dino? Migliora?», gli chiede, un poco stolidamente, il padre. Quelli si stringono nelle spalle. Dicono: «Sí...» «Forse sí». «Sta tanto male, poverino...» Inquieto, Giovanni Campana prende la grande decisione. Va ad Imola: vede l'ambiente, gli infermieri, i «dementi», il figlio smagrito e livido, irriconoscibile, che gli si butta in ginocchio davanti ai piedi, che tra i singhiozzi lo supplica di tirarlo fuori di lí, per carità: di salvarlo. Che baciandogli le mani dice: «Non darò piú fastidio a nessuno, andrò in America, in Australia, nei luoghi dove si emigra per non tornare. Lo giuro». Pallidissimo, il maestro Campana sembra sul punto di svenire: ed in effetti va detto che, come tutti i fautori delle piú spietate soluzioni finali, è poi nei fatti un pusillanime che non regge la vista del sangue e che non entra negli ospedali perché l'odore dei farmaci – dice – gli dà alla testa... Si soffia il naso, s'allenta la cravatta. Scappa. Ritorna a Marradi e riferisce alla moglie quello che ha visto: l'ambiente, i pazzi, le condizioni di Dino, la sua disperazione. «È per il suo bene, – replica tranquilla "Fanny". – Soltanto lí può guarire». Quando però si accorge che il marito è seriamente intenzionato a chiedere la restituzione del figlio comincia a far le valige. Tenta il ricatto di sempre: «Se lui riviene, io vo via».

Verso la metà d'ottobre il maestro Campana scrive al direttore del manicomio pregandolo d'autorizzare, a norma di legge, il «licenziamento in via di prova» del figlio alienato: io stesso – dice – provvederò a custodirlo e a curarlo secondo le direttive che Lei mi darà. Brugia si mostra riluttante. «Dopo due mesi di assidua osservazione sul suo figliolo, – risponde, – debbo confermarle ch'egli è un psicopatico grave, e riservatissima è la prognosi della malattia che lo affligge. Ei non sarebbe in istato tale da poter essere dimesso dal Manicomio, perché lontano ancora dall'essere guarito; ma, tenuto calcolo della insistenza colla quale ella lo richiede a casa, delle condizioni speciali di vita isolata che ella gli prepara in campagna, e anche del desiderio vivissimo e quasi eccessivo del malato di uscire di qui, io non mi opporrò a che ella lo ritiri dal Manicomio, in via di prova. Ma per ciò è necessario ch'ella venga qui in persona e qui rilasci sottoscritto un atto della piú grave responsabilità per ogni possibile evenienza derivante dal ritorno del suo figliuolo alla libertà».

Il 31 ottobre 1906 (un giovedí, come al solito) Dino ritorna a Marradi, duramente scosso dall'esperienza del manicomio di Imola: ed è ormai un pazzo accertato con sentenza di Tribunale, non piú padrone di sé ma costretto in ogni circostanza a farsi rappresentare da un tutore. Questo viene nominato verso la fine dell'anno – i documenti relativi sono, purtroppo, introvabili – ed è il maestro Torquato Campana zio del demente. (Perché? Perché il maestro Giovanni, dopo l'incontro con Brugia, rinuncia ad assumere la tutela legale del figlio? Perché a partire dal 31 ottobre 1906 mostra di avere paura di quello stesso psichiatra che pure, in passato, l'ha «guarito»? Per rispondere a queste domande dovremmo sapere ciò che Brugia gli ha detto a proposito della psicopatia del figlio e della probabilità che discenda in via ereditaria dai suoi «disturbi nevrastenici». Dell'indole e della natura di questi ultimi: che il maestro considera guariti e che invece – ammonisce Brugia – sono soggetti a ripetersi anche a distanza di decenni. «L'ereditarietà non concede guarigione. Concede, al massimo, periodi di latenza». – La legge del 1904 consente ai direttori di manicomio di svolgere indagini conoscitive sui familiari dei «dementi»: ed io m'immagino che Brugia se ne sia avvalso per consigliare al maestro Campana di sottoporsi ad assidue visite psichiatriche o addirittura ad un breve ricovero preventivo presso il manicomio di Imola. «Basta che lei mi firmi una domanda ed io la tengo per un mese sotto strettissimo controllo»).

L'11 novembre 1906 Dino viene dichiarato inabile a compiere il servizio militare in quanto pazzo, d'ufficio. Sul Registro di Leva compaiono timbri conclusivi con date a fianco: *Riformato* e poi *Congedato* (li 11 novembre 1906); *Verificato* (li 10 febbraio 1907). Un tale Alfredo Saccini sigla e sigilla la pratica, che non verrà riaperta nemmeno quando la classe 1885 sarà richiamata per andare in guerra. Ma queste cose si compiono ad insaputa dell'interessato: che, appena giunto a Marradi, s'è chiuso in camera sua. Non parla, non risponde alle sollecitazioni del fratello, non si fa vedere per le vie del paese. Resta ore e ore seduto fissando il vuoto: si sente vuoto lui stesso, come se qualcosa d'importante tutt'a un tratto gli fosse venuta a mancare. Come se ogni certezza l'avesse abbandonato definitivamente. «Sono un relitto, *une épave*». Attribuisce a se stesso, al suo misterioso essere «diverso», la causa d'ogni sua disgrazia: «Non c'è posto per me nel perfezionato congegno della società: sono il pezzo difettoso che l'operaio scarta. Il polline che non attecchisce e fa tappeto nei boschi». Senza illusioni né timori pensa ad una seconda fuga, definitiva e legale in quanto concordata coi genitori. Ad un approdo talmente inappellabile da prefigurare l'approdo ultimo, la morte: «Come vado per strada, andrò pel mondo; non ho impegni o fardelli; attaccato alla vita, quanto all'albero la foglia d'autunno».

«Fanny» Campana s'è quetata. Dino – le ha detto il marito – andrà in Australia o in America, in un paese lontano dove anche un diverso come lui possa trovare la sua via. «Mi devi credere, Fanny. Il manicomio non è posto da tenerci un figliuolo». «È un cimitero per vivi». – Infaticabile tessitore di soluzioni finali che poi il destino puntualmente s'incarica di vanificare, il maestro Giovanni Campana si rimette all'opera per «sistemare» il figlio. Scrive una lettera a Buenos Aires, a una famiglia marradese colà emigrata: racconta per sommi capi le peripezie di Dino che – dice – vorrebbe rifarsi una vita nel nuovo mondo, lontano dalle complicazioni e dagli intralci che hanno determinato il suo fallimento costí. Lo aiutereste a trovare un lavoro? La lettera parte per la sua lontanissima destinazione. A Marradi la vita prosegue monotona come per solito, con le stagioni che si avvicendano sempre nello stesso ordine, sempre uguali e – dicono i vecchi contadini – «non sono piú le stagioni di una volta». Dopo l'autunno, l'inverno: cioè la neve, i giochi dei bambini sulle slitte, il torrente gelato, le feste di fine d'anno, il freddo rigido, polare, dei giorni detti «della merla» e dei primi giorni di febbraio. Dopo l'inverno, il disgelo. Ma all'inizio del disgelo arriva in casa Campana una busta con uno strano francobollo su cui sta scritto: *Argentina. Republica de Argentina*. Dentro alla busta un foglietto scritto a matita «copiativa» dice va bene, mandateci vostro figlio, se è robusto e ha voglia di fare si ambienterà come tutti. Noi ci impegniamo a ospitarlo e a trovargli un'occupazione onesta. Salutateci Marradi, addio. La firma, il nome e cognome dello scrivente non sono noti, purtroppo: perché nessuno li ricorda e perché il Comune di Marradi non conserva liste di emigrati. Ma è certo che questa lettera ci fu, che Dino andò in Argentina a seguito di accordi epistolari e col biglietto pagato, per due motivi: anzitutto, perché su questo punto le testimonianze dei parenti (del fratello Manlio, del cugino Nello, della zia Giovanna Diletti) sono unanimi; in secondo luogo perché la Questura di Firenze non avrebbe rilasciato un passaporto intestato a Dino Campana se non fossero state date garanzie che il «demente» andava a stare presso una famiglia di amici, forse addirittura di parenti. Possiamo dire con certezza che nell'andata a Buenos Aires Dino viaggiò come un pacco postale: consegnato dal tutore al comandante della nave (le memorie familiari specificano che Torquato accompagnò il nipote «fin sulla nave»); e poi dal comandante della nave all'Anonimo marradese che lo aspettava sulla banchina del porto, confuso tra quella turba di emigrati che Dino vide, al suo arrivo, «vestiti in modo ridicolo» secondo «la moda bonearense».

La difficoltà maggiore che il maestro Campana incontra nella spedizione del pacco è di ottenergli il passaporto, nonostante il biglietto da visita del fratello magistrato gli apra tutte le porte della Questura di Firenze. La risposta è sempre la stessa: spiacenti, ma non possiamo autorizzare l'espatrio di un «demente». Bisogna – dicono i funzionari al maestro – che lei si rivolga al direttore del manicomio dove suo figlio è stato ammesso, che gli chieda di avviare in Tribunale la pratica di dimissione... – Per settimane, per mesi la faccenda del passaporto sembra girare in un circolo facente capo a quel Brugia che non considera guaribili le malattie ereditarie e che ancora ai primi di maggio ha chiesto al sindaco di Marradi, «in virtú della Legge 14 febbraio 1904, n. 36, e dell'art. 66, paragrafo 4°, del Regolamento relativo», di inviargli ogni quattro mesi un certificato dell'ufficiale sanitario «attestante le condizioni del mentecatto Campana Dino di Giovanni e di Luti Francesca, definitivamente ammesso in questo Manicomio». (A seguito di tale richiesta viene spedita da Marradi il 25 maggio 1907 una dichiarazione del dottor Pellegrini che dice «di aver visitato Campana Dino e di averlo ritrovato assai migliorato nelle sue condizioni di mente. Non ha piú nessun delirio, e anche per quello che riferiscono i suoi di famiglia le funzioni psichiche si sono fatte assai regolari»).

Il passaporto per l'Argentina viene finalmente rilasciato con aggiunta un'annotazione in cui si dice che il titolare è un «demente» impossibilitato a viaggiare senza la scorta del tutore. La fotografia eseguita per la circostanza è quella, molto nota, in cui Dino porta la scriminatura a destra e sottili baffi a manubrio: le labbra accennano al sorriso richiesto dal fotografo ma l'espressione degli occhi rimane incerta, tra corrucciata e melanconica. La data – settembre 1907 – risulta nei registri della Questura di Firenze e non è, quindi, dubitabile.

Dino Campana va in America, probabilmente nell'ottobre del 1907, mandato dai genitori e col biglietto pagato. («*Zavoli*: Le prospetto un'ipotesi che potrà apparirle assurda: e se Dino Campana non fosse mai partito per l'Argentina? *Manlio Campana*: Di follie e fantasie la sua testa era piena, poveretto, ma quel viaggio non dipese solo da lui...»). Ci va per forza e per paura di ritornare in manicomio. Ci va col cuore gonfio di rimpianto per la sua Marradi, dove «i preti cantano con voce di bue» ma dove anche «c'è una bellissima vegetazione. Il blu profondo del cielo si incontra con la luce toscana mattina e sera sulle frange dei monti. Il fiume è bellissimo». Pochi giorni prima di partire scappa e si rende irreperibile. «*Manlio Campana*: Quando si preparò la partenza di Dino per l'America, Dino venne a Firenze. Il babbo non si sentì di accompagnarlo a Genova per imbarcarlo e diede incarico ad un fratello suo, a nostro zio. Ricordo che egli si dovette trattenere due giorni perché io non riuscivo a trovarlo! Sapevo che Dino era a Firenze, ma non riuscivo a trovarlo perché mi sfuggiva. Finalmente riuscii ad incontrarlo, a persuaderlo, a dirgli che lo zio era qui, lo aspettava. Allora si decise e partí accompagnato dallo zio, il quale si recò con lui fin sulla nave che lo doveva trasportare in Argentina.

La leggenda che egli sia andato sbandato, ramingo e guadagnandosi, non so con quali opere, il biglietto di viaggio, è una favola che va sfatata, che va corretta.

Dino andò col posto già assicurato. A Buenos Aires prese dimora presso una famiglia, collocò là le sue valige, si fermò un giorno e una notte, ma al sorgere del secondo giorno non vi fece piú ritorno. Mandò un uomo a ritirare i suoi bagagli e partí per la Pampa. È vero, viceversa, perché me lo ha confermato lui stesso, che si guadagnò il biglietto di ritorno facendo il mozzo su una nave mercantile. Sembra il fuochista, da quel che ho capito! Manovrava carbone, prevalentemente. E sbarcò ad Amsterdam».

A Genova, prima d'imbarcarsi, Dino recalcitra ancora. Vuole dei libri, poi vuole una rivoltella. Torquato rifiuta di comprargliela; allora lui dice «Ci vediamo al porto» e scompare tra la folla. Giovanna Diletti Campana, moglie di Torquato: «Combinarono di trovarsi al porto. Ma le ore passavano e Dino non si vedeva, si può immaginare l'ansia e la pena del povero Torquato perché il bastimento stava per partire. Finalmente arrivò Dino proprio appena in tempo per salire. In America fece un po' tutti i mestieri, da mozzo a tanti altri. Quando ritornò dall'America era vestito da marinaio, aveva una larga fascia color azzurro legata alla vita. Era bello e molto allegro».

Del bastimento che porta Dino in America non si sa il nome: ma che importa? Certamente è una nave assai simile alla «Galileo» descritta dal De Amicis nel suo racconto *Sull'oceano*, se pure non è quella stessa. È una qualunque «barcaccia della miseria» che fa la spola tra Genova e Montevideo, e se Dino non la nomina è perché appartiene ad una letteratura che non gli interessa e che lui subisce «senza gioia». «C'erano due povere ragazze sulla poppa: Leggera, siamo della leggera: te non la rivedi piú la lanterna di Genova! Che importava in fondo! pensavo. Ballasse il bastimento, ballasse fino a Buenos-Aires, questo dava allegria e il mare rideva con noi del suo riso cosí buffo e sornione. E la barcaccia della miseria ballava ballava sull'infinito. Ma non so se fosse il mal di mare o il disgusto che il mio riso mi dava: certo era la bestialità irritante, quel grosso bestione che rideva cosí bestialmente che svegliava il mio riso: poi il mio riso o il mio stomaco si erano calmati: i giorni passavano: celo e acqua, celo e acqua: guardavo il giorno dal mio rifugio tra i sacchi di patate. Piú tardi sdraiato in coperta stanco vedevo l'albero che dondolava verso le stelle nella notte tiepida in mezzo al rumore dell'acqua: e a volte al finestrino cui salivano spesso le onde avevo seguito il tramonto equatoriale sul mare. Volavano uccelli lontano dal nido ed io pure ma senza gioia. Costeggiavamo: ricordo, il tramonto illuminava *el campo* deserto cogli ultimi raggi rossi e il sole tramontava dietro la costa deserta».

Ecco, il viaggio di Dino in America è tutto qui: ventiquattro giorni di navigazione, Genova, isole del Capo Verde («Una bianca città addormentata | Ai piedi dei picchi altissimi dei vulcani spenti»), Montevideo «capitale marina» del nuovo continente, Buenos Aires «grigia e velata» con il suo porto «strano» dove gli emigrati «impazzano» e «inferociano» accalcandosi sulla banchina cui attraccherà il piroscafo. Le uniche cose notevoli di quel mondo sono gli spazi immensi e spopolati, le «stelle impassibili, sulla terra infinitamente deserta e misteriosa». L'unico problema è andarsene, tornare «verso le calme oasi della sensibilità della vecchia Europa». A Buenos Aires, città che sente assolutamente estranea, Dino si ferma pochi giorni, giusto il tempo necessario per scoprire che i bastimenti diretti in Europa partono da Bahia Blanca e che è lí che deve recarsi se vuol trovare un ingaggio. Non ha problemi immediati di denaro. Lavora un poco, qua e là, piú che altro per passare il tempo e per avere rapporti con la gente. «Facevo il suonatore di triangolo nella Marina argentina», dirà anni dopo a Pariani. «Sono stato portiere in un circolo a Buenos Aires». «Ho fatto il poliziotto in Argentina, ossia il pompiere». Dobbiamo credergli? Sí. Con questa sola avvertenza: che si tratta di prestazioni occasionali e per periodi brevissimi. Da un giorno ad una settimana; in qualche caso, poche ore. «Al Ministero della Marina Mercantile, – scrive Cacho Millet, – m'informarono che *non risulta registrato che il signor Dino Campana sia appartenuto alla banda.* – A quell'epoca – mi spiegò, come per consolarmi, l'ex prefetto del porto di Buenos Aires Luis Bongiovanni – gli immigrati li si "contrattava" solo per suonare uno strumento, e poi s'allontanavano dalla banda col semplice sistema di non ripresentarsi piú».

Dicembre 1907. Dal municipio di Marradi viene spedito al manicomio di Imola un atto pubblico che attesta l'avvenuta partenza per l'America, con il consenso del tutore, del signor Dino Campana: «Di cui pertanto questa autorità sanitaria non può fornire ulteriori notizie». – In Sud America dicembre è il primo mese d'estate e Dino non sa resistere alla tentazione di guardarsi un po' attorno, prima di ritornare in Europa; di vedere la *pampa* e le Ande. S'ingaggia come *peón de via* per un'impresa britannica che lavora alla costruzione delle strade ferrate con manodopera locale, di creoli e soprattutto di immigrati. «Sono stato ad ammucchiare i terrapieni delle ferrovie in Argentina», dirà il poeta a Pariani. «Si dorme fuori nelle tende. È un lavoro leggero ma monotono». Tra i luoghi visitati, nomina «Santa Rosa de Toay nel centro dell'Argentina» e Mendoza presso le Ande, anzi di Mendoza dice: «A Mendoza coltivano il vino come in Italia».

In che consiste il lavoro del *peón*? «Prima si faceva un terrapieno, usando terra del luogo e senza metterci pietrisco, e si sistemavano le traversine. Da ultimo, si assicuravano alle traversine le rotaie, mediante chiodi appositi. In piú, si piantavano i pali per le future linee telegrafiche... Tutto veniva importato dall'Inghilterra. Solo la terra era argentina. La mano d'opera in genere era costituita da immigrati. Periodicamente si spostava l'accampamento, a seconda dell'avanzamento della strada ferrata. Il trasporto sul luogo, tanto delle rotaie che delle traversine, chiodi e ferrature, si faceva con treni merci. Molte volte anche i lavoratori viaggiavano sullo stesso treno...» Non è un racconto di Campana; è la testimonianza di un *peón* raccolta e pubblicata da Cacho Millet. Per Dino l'esperienza di quei giorni si riassume in poche immagini di straordinaria intensità fissate nella prosa di *Pampa*: i *peones* che seduti in circolo tra le tende bevono *mate*, la corsa notturna del treno, il «cielo infinito non deturpato dall'ombra di Nessun Dio». Ma s'intende che poi, nella «monotonia» quotidiana, succedono anche altre cose. C'è il rapporto con i compagni di lavoro, c'è l'apprendimento della lingua anzi delle lingue: lo spagnolo, l'inglese... (Negli anni della grande guerra, quando deciderà di abbandonare «la letteratura sotto tutte le forme» e di trovarsi un impiego, Dino penserà di guadagnarsi il pane mettendo a frutto per l'appunto la sua conoscenza delle lingue straniere. E scriverà sulle lettere: «Dino Campana. Traduce dall'inglese, tedesco, spagnolo, francese. Albergo Sanesi – Lastra a Signa – Firenze»).

Alla fine di febbraio o ai primi di marzo del 1908, quando vi arriva Campana, Bahia Blanca è un porto sulla *pampa* ed è anche un porto sull'oceano da cui dista pochi chilometri. «La prateria si alzava come un mare argentato agli sfondi, e rigetti di quel mare, miseri, uomini feroci, uomini ignoti chiusi nel loro cupo volere, storie sanguinose subito dimenticate che rivivevano improvvisamente nella notte, tessevano attorno a me la storia della città giovane e feroce, conquistatrice implacabile, ardente di un'acre febbre di denaro e di gioie immediate». In questo ambiente da *Far West* Dino si trattiene poco piú di un mese, vivendo dei soldi che ha guadagnato nella *pampa* e recandosi di tanto in tanto al porto ad informarsi delle navi che partiranno per l'Europa. Ritrova Regolo Orlandelli, il vagabondo incontrato «col collettone alle orecchie» nella nebbia della pianura padana. Regolo ha un'«agenzia di collocamento» cioè una baracca di legno dove tutte le mattine, all'alba, vengono a mettersi in fila i disperati, i falliti, quelli che durante la notte hanno perso al gioco fino all'ultimo centesimo... A differenza di Dino, lui fa sul serio: è venuto a cercare fortuna e – dice – intende trovarla. È uno dei tanti «uomini feroci» che popolano Bahia Blanca, «chiusi nel loro cupo volere». Parla di capitali, di investimenti, di fortune accumulate nel volgere di poche settimane. Non capisce che cosa spinga Dino a cercare un imbarco per l'Europa: «Ma se a casa ti rompono i coglioni, se ti hanno chiuso in manicomio!» – Dino sorride. L'idea di fermarsi in America per far quattrini non è tale che lui possa prenderla seriamente in considerazione, ma gli piace ascoltare i progetti di Regolo. E Regolo s'intestardisce. Per trattenerlo, per mostrargli che anche di qua dall'oceano si può far altro che il *peón*, gli trova ingaggi da pianista. «Suonavo il piano in Argentina, – racconterà Dino vent'anni piú tardi, – quando non avevo denaro; suonavo nei ritrovi, nei bordelli. Poi andavo a girare nella campagna».

L'occasione di tornare in Europa si presenta verso la metà d'aprile ed è un posto di fuochista sulla nave mercantile «Odessa» diretta ad Anversa. (Non sta né in cielo né in terra né tantomeno nella biografia di Campana il viaggio a Odessa citato dal Pariani; e neppure è pensabile – secondo l'ipotesi del fratello Manlio – che Odessa fosse uno scalo, una fermata nel ritorno da Bahia Blanca ad Anversa. Per tre buonissime ragioni. Perché Odessa è da tutt'altra parte rispetto ad Anversa; perché parlando con Soffici Dino gli accenna a uno scalo, assai piú verosimile, nel porto inglese di Dover; perché per andare a Odessa si attraversa il Mar Egeo, si vedono Istanbul e l'Oriente: luoghi di cui non c'è traccia nell'opera di Campana... L'impossibile viaggio, il «folle volo» noto soltanto a Pariani nasce da una cantonata del biografo: che equivocando sul nome della nave fa dire a Dino «sono stato a Odessa» anziché «sono stato sull'Odessa». Per ristabilire la verità, diciamo che un piroscafo mercantile «Odessa», andato in disarmo dopo la prima guerra mondiale, risulta effettivamente iscritto nel registro navale della Marina mercantile britannica per i primi anni del secolo; e che appunto su quel piroscafo, secondo ogni evidenza, Dino tornò dall'America nella primavera del 1908 «manovrando carbone»...)

≫—★

Nei trenta giorni trascorsi come fuochista sull'«Odessa» Dino spala carbone, si esercita a decifrare i suoni della lingua inglese e nei momenti di riposo, sdraiato in cuccetta, ripensa a ciò che ha progettato nella lontana Bahia Blanca, perfeziona i dettagli del sogno. Andrà a Parigi, la città appena intravista e sostanzialmente ignota da cui due anni fa è stato scacciato. Farà un lavoro qualsiasi e resterà quanto basta per realizzare quel libro di «poesie e novelle poetiche» che dovrà essere «il senso» e «la giustificazione» della sua vita. Poi, tornerà in Italia per stamparlo. – A metà maggio sbarca a Anversa; raggiunge a piedi Bruxelles e qui gli capita qualcosa per cui finisce in prigione. «Nel viaggio di ritorno in Italia, – dirà Dino al solito Pariani, – passando nel Belgio, mi arrestarono e mi tennero nella cella; per due mesi, a Saint-Gilles. Erano pazzi e non pazzi. Poi fui richiuso a Tournai in una specie di casa di salute, perché non avevo un posto fisso, avevo quella smania di instabilità. Era un ricovero per gente decaduta, una specie di manicomio».

Come il mese di prigione a Parma anche questi due mesi di cella a Bruxelles, nella fortezza di Saint-Gilles, sono una notte di carcere preventivo: che non lascia traccia nei registri della prigione né nell'archivio del consolato italiano. E occorre forse spiegare cosa sia in Europa all'inizio del secolo l'istituto del carcere preventivo, per cui determinate persone (ambulanti, ciarlatani, guitti, marinai e simili) nelle ore serali e notturne vengono tolte dalla strada e messe

a dormire sottochiave, in carcere: non perché abbiano commesso qualche reato ma per evitare che un eccesso di libertà le induca nella tentazione di commetterne. In alcuni paesi, tra cui l'Italia, il sistema è talmente bonario che viene usato dai girovaghi stessi per risparmiare i soldi dell'albergo: capita in ogni prigione che qualcuno si consegni entro un'ora ragionevole della notte e poi se ne esca la mattina un poco indolenzito dal tavolaccio ma con le finanze (e la reputazione) intatte. Piú o meno di questo genere devono essere a Bruxelles i guai di Dino Campana che s'aggira vistosamente «vestito da marinaio», con «una larga fascia color azzurro legata alla vita». Le cose invece si fanno serie alla frontiera francese: quando Dino viene respinto perché il suo passaporto non è valido per entrare in Francia e perché risulta intestato a un «demente» che non può viaggiare senza tutore. Dov'è il tutore? Non c'è. I gendarmi francesi riconsegnano Dino ai belgi e questi – visto che è matto – lo chiudono nel piú vicino manicomio cioè nella *Maison de santé «Saint-Bernard»* di Tournai, a pochi chilometri dal confine. Costretto dalle circostanze a rivolgersi ancora una volta al padre, Dino scrive a casa (ed effettivamente c'è nelle memorie familiari il ricordo di una lettera che il maestro Campana ricevette dal figlio «mentre questi era in Argentina»): chiede che si certifichi la sua identità, che gli si paghi il rimpatrio. Il padre, sulle prime, non vuole saperne. Non gli perdona di aver cercato di tagliare i ponti con la famiglia; di aver voluto decidere della sua vita, da solo. Dice (secondo le memorie familiari): «Non sono io che l'ho mandato dov'è ora. È voluto andarci e dunque ci stia». Infine cede e autorizza il rimpatrio: che viene chiesto alle autorità belghe da Torquato Campana tutore del «demente».
– Nei primi giorni di luglio Dino ricompare a Marradi: ed è, secondo la testimonianza di sua zia Giovanna Diletti, «bello» e «allegro» cioè contento di rivedere la luce toscana, le montagne, il paesaggio. («Ecco le rocce, strati su strati, monumenti di tenacia solitaria che consolano il cuore degli uomini. E dolce mi è sembrato il mio destino fug-

gitivo al fascino dei lontani miraggi di ventura che ancora arridono dai monti azzurri: e a udire il sussurrare dell'acqua sotto le nude roccie, fresca ancora delle profondità della terra. Cosí conosco una musica dolce nel mio ricordo senza ricordarmene neppure una nota: so che si chiama la partenza o il ritorno: conosco un quadro perduto tra lo splendore dell'arte fiorentina colla sua parola di dolce nostalgia: è il figliuol prodigo all'ombra degli alberi della casa paterna. Letteratura? Non so. Il mio ricordo, l'acqua è cosí»). Certo, il rapporto con la madre continuerà ad essere conflittuale, i marradesi lo tratteranno da pazzo: ma rivedendo la «mistica valle» del Lamone, rivedendo Campigno, Dino improvvisamente s'accorge che soltanto quassú il suo cuore «trema di vertigine». («*Don Pietro Poggiolini*: Piú che la gente, amava la terra dov'era nato. Non vorrei dire una cosa che tornasse magari a disonore di Marradi, ma ritengo che fosse proprio cosí come ho detto! *Zavoli*: Marradi ha fatto cosí poco per Campana! *Don Pietro Poggiolini*: Niente, niente, niente, niente, niente, niente, niente!»).

La permanenza di Dino a Tournai dura probabilmente due o tre settimane, al massimo un mese. Non ne rimangono tracce: registri, archivi, edifici, tutto è andato distrutto per ben due volte durante la prima e la seconda guerra mondiale e anche il manicomio ha cambiato nome, adesso si chiama *Hôpital psychiatrique de l'Etat «Les Marronniers»*. Basandoci sui testi e sulle memorie di Dino possiamo dire che lui, a Tournai, ritrova quel «supplizio del fango» che già ha conosciuto ad Imola ma in forma piú sopportabile, quasi accettabile. I «decaduti», qui, sono tenuti separati dai «veri pazzi» e poi anche al posto degli infermieri indolenti e sadici ci sono dei religiosi, «dei frati grigi dal volto sereno, troppo sereno». (All'epoca, il manicomio è gestito dai Frères de la Charité Chrétienne). Tra i «decaduti» c'è «il Russo, violinista e pittore» e profeta di un'oscura dottrina sociale che in qualche modo deve compendiarsi in questa parabola: «Un uomo in una notte di dicembre, solo nella sua casa, sente il terrore della sua solitudine. Pensa che fuori degli uomini forse muoiono di freddo: ed esce per salvarli. Al mattino quando ritorna, solo, trova sulla sua porta una donna, morta assiderata. E si uccide». Questo personaggio alto e magro e con una lunga barba rossastra colpisce profondamente la fantasia di Dino, che nei *Canti Orfici* lo immagina assassinato dai frati. («Non essendovi in Belgio l'estradizione legale per i delinquenti politici avevano compito l'ufficio i Frati della Carità Cristiana»). – Molti anni piú tardi, sottoposto ad interrogatorio da parte del Pariani, Dino ricorderà un particolare che nella prosa dei *Canti Orfici* non c'è: per nascondere la propria identità il Russo fingeva d'essere smemorato, di non ricordare il suo nome. Ne parlerà con circospezione: «Ma... aveva fatto degli attentati, ma... io non so bene cosa facesse». «Era uno dei tanti russi che girano il mondo, che non sanno che fare. Sono un po' intellettuali, scrivono, fanno una cosa o l'altra, muoiono di fame per lo piú. Trovano il cambiamento all'estero di idee, complottano per rimodernare la Russia, e poi li mandano in Siberia».

L'«allegria» di Dino nell'estate del 1908 trova riscontro nella testimonianza della figlia di Torquato, Maria («Mimma»): che essendo nata nel 1899 ha giust'appunto nove anni. Ravagli: «Gli piaceva di scherzare con lei e qualche volta le metteva le mani sul collo come per sollevarla di peso, e la sollevava addirittura: con grande preoccupazione della madre, la quale temeva potesse farle male. Dino era allora aitante della persona, coi biondi capelli un po' ondulati, e d'umor gaio: sempre sorridente con la piccolina, e gentile; sempre buono con tutti di casa». Un giorno che è in giardino «Mimma» gli presenta dei fogli, gli dice: «Scrivimi qualcosa». E Dino, dopo un attimo d'incertezza, scrive una poesia francese con a fianco l'inizio della traduzione italiana. («Io povero troviero di Parigi | Solo t'offro un bouquet di strofe tenui | Siimi benigno e ai vivi labbri ingenui | Ch'io so, tremulo scendi bacio e ridi»). Dovranno passare quarant'anni perché «Mimma» apprenda dai critici che la poesia originale è *Le baiser* (Il bacio) di Verlaine...

Vaga tra i monti, s'apparta in certi luoghi che lui solo conosce, legge, scrive. Non pensa ad altro; non si pone problemi d'ordine pratico. Cercare un lavoro, andarsene: a che servirebbe? La fine ingloriosa dell'avventura francese e poi quella dell'avventura americana gli hanno dato l'esatta cognizione della catena che lo lega ai genitori e a Marradi. Dovunque andrà, prima o poi succederà qualcosa che attraverso il manicomio lo riporterà in famiglia. – Serenamente, senza drammi, Dino considera i fatti e pensa che la soluzione migliore, per lui, sia desistere da ogni iniziativa, smettere di pensare al futuro: tanto, c'è già chi lo organizza... «Sono o non sono demente?» «Non ho un padre e un tutore che per legge devono provvedere al mio mantenimento?» Con l'incoscienza dei vent'anni s'adatta ad una situazione che gli permette, nel presente, di fare ciò che gli piace senza impegni né responsabilità... Sí, riconosce d'esser matto. Non dal punto di vista clinico: da quello, come dire? Morale. D'esser diverso da tutti, in un paese – Marradi – dove le liti per un palmo di confine si tramandano di generazione in generazione e dove l'unica ansia di conoscere riguarda i fatti degli altri... D'essere «un po' primitivo», come anche spiega agli amici: «Io faccio l'orso, lo strambo, solo con quelli che non hanno gli elementi di sensibilità per cui ci si possa intendere: per il bisogno di sfuggire a dei fastidiosissimi... titillamenti». «Sono solamente un po' primitivo. Ma torneremo di moda anche noi, ci ho questa speranza».

«Andavo sempre in campagna per leggere», dirà il poeta a Pariani per dimostrargli che è pazzo e che va lasciato dov'è. «Ero sempre nelle montagne a scrivere degli strampalati». – Nell'estate e nell'autunno del 1908, tra i pini e le ginestre e le rocce di Campigno, del Passo dell'Eremo, di San Benedetto in Alpe, Dino comincia a ordinare il primo nucleo di prose e di frammenti di poesia attorno a cui cresceranno i *Canti Orfici*: rielabora alcuni testi scritti prima della partenza per l'America, annota impressioni e immagini di viaggio. «Cercavo armonizzare dei colori, delle forme. Nel paesaggio toscano collocavo dei ricordi». I rapporti con i genitori sono ridotti al minimo; anche in paese Dino si fa vedere poco. I guai domestici e marradesi ricominceranno quando la brutta stagione renderà impraticabili i sentieri e l'esercizio della poesia *en plein air*: riprenderanno le smanie di «Fanny», le accuse al figlio maggiore d'essere «la disgrazia della sua vita», «la rovina della famiglia», «il disonore della casa». Riprenderanno i litigi con il marito, colpevole d'averlo tolto di manicomio mentre il suo posto era là... Dino, che per parte sua evita il piú possibile di parlare con la madre e s'atteggia come se lei non esistesse, a volte riesce a trattenersi e a volte invece ha scoppi d'ira molto piú violenti che in passato, con rotture di suppellettili e imprecazioni triviali. Accusa entrambi i genitori di volerlo «pazzo per forza», fin da quand'era ragazzo: di volergli impedire di esistere, ognuno a modo suo e con le sue fisime personali. «Se do fastidio, – gli grida, –

dovete solo liberarmi della vostra asfissiante tutela e io vi tolgo il disturbo anche domani. Anche subito» (Il padre: «Dino, ragiona!» «Renditi conto che tu, da solo, non puoi andare da nessuna parte. Che sei ammalato». La madre: «In manicomio, deve andare!» «In manicomio e per sempre!»).

Per mesi e mesi, d'inverno, unica alternativa alle delizie familiari sono per Dino la sala di lettura del «Circolo Marradese», che però s'apre soltanto il pomeriggio, ed i caffè di piazza Scalelle dove si parla di lui (del «matto») toccandosi la testa col dito. Dove c'è sempre qualcuno disposto a offrirgli da bere perché s'ubriachi e dia spettacolo... – Tra le scarse novità di Marradi per il nuovo anno 1909 ce ne sono due che riguardano Dino Campana, ormai ufficialmente denominato «il matto» nell'uso locale della lingua: «il matto» si ribella e «il matto» beve. Senza mostrare piacere per ciò che beve, anzi senza nemmeno distinguere tra una bevanda alcolica e l'altra. Con quest'unico scopo: di ubriacarsi. E poi, quand'è proprio ubriaco, bisogna che lo zio Torquato (il padre, poverino, «non se la sente») corra a recuperarlo sulla piazza altrimenti s'azzuffa con qualcuno oppure tiene discorsi al popolo di Marradi, accusa i suoi compaesani d'essere tutti dei «selvaggi», dei «bruti» privi d'intelletto... Li sfida a uscire di casa o dal caffè Croce Bianca per confrontarsi con lui. «Venite fuori, – gli grida. – Venite a dirmele in faccia le infamità che raccontate sul mio conto!»

Nei primi giorni d'aprile del 1909 «Fanny» scappa di casa e il maestro Giovanni Campana parla con il sindaco Balocco, il sindaco Baldesi parla col dottor Pellegrini; il farmacista, il notaio, l'ufficiale della posta e il capostazione esprimono parere unanime: «il matto» dev'essere ricoverato e trattenuto in manicomio fino a completa guarigione. Per il suo bene, anzitutto; e poi, in via subordinata, per la tranquillità e il decoro della famiglia; per la quiete pubblica di Marradi. Su suggerimento del padre il collegio politico locale decide che «quel figliolo» non tornerà nel piccolo manicomio di Imola, dove in passato non s'è trovato bene e dove ora lo credono in America. Andrà a Firenze, a San Salvi. «Un manicomio di prim'ordine, – dice il dottor Pellegrini. – Un manicomio in cui operano i migliori medici psichiatri di Toscana e forse d'Italia». Anche il sindaco e lo speziale approvano la scelta: «Se lo studente Campana ha una possibilità di guarire, certamente è là». – Venerdí 9 aprile, alle ore otto di mattina, Dino smaltisce nel sonno la sbornia della sera precedente e i carabinieri lo scuotono, lo svegliano, lo costringono a vestirsi e a seguirli – semintontito com'è – nell'ambulatorio del dottor Pellegrini: che ha già compilato una «modula» in termini tali da non lasciare dubbi sulla pazzia del soggetto. (Agli psichiatri di San Salvi viene soltanto delegato il compito della «cura pratica» e dell'esatta denominazione: dicano, loro che sono gli esperti, se si tratta di «follia circolare», di «demenza apoplettica» oppure, come tutto indurrebbe a credere, di «demenza precoce»). Questa «modula» del 1909, per una serie di circostanze a noi ignote ma certamente provvidenziali, è poi finita tra gli atti del Tribunale di Firenze: ed è, senz'ombra di dubbio, il documento piú importante che sia rimasto del poeta.

COMUNE DI MARRADI

Modula informativa
per l'ammissione dei mentecatti nel Manicomio di Firenze

Ammesso: Campana Dino

Notizie personali

Cognome e nome del malato	Dino Campana
Età professione Se povero o benestante	Anni 23 - Studente - Benestante
Luogo di nascita	Marradi
Domicilio	Marradi (Firenze)
Genitori	Giovanni - Maestro elementare Luti Francesca - atta a casa
	celibe

Notizie storiche

Carattere morale prima dello sviluppo della pazzia, abitudini ed occupazioni consuete.	Il malato è molto studioso; conosce varie lingue ed è iscritto al 3° anno di Chimica. Ha ingegno pronto e vivace.
Se fra i parenti del malato vi sono o vi furono alienati, e quali.	Uno zio del malato è morto in Manicomio.
Se l'individuo sia stato altre volte affetto da pazzia o qualunque altra infermità.	Il paziente è stato altra volta ricoverato nel manicomio di Imola.
Cause fisiche e morali.	Eredità - Alcolismo

Epoca e modo di sviluppo della pazzia, se intermittente o continua.	Dall'epoca in cui è uscito dal Manicomio di Imola ad intervalli ha dato ripetutamente segni di pazzia.
Manifestazioni sintomatiche attuali tanto fisiche che psichiche della pazzia.	Il malato è oltremodo trascurato in famiglia ed in società, tanto da attirare l'attenzione dei ragazzi che l'incontrano per le strade. Ha un odio speciale colla sua mamma, che è dovuta andar via di casa. È pericoloso specialmente dopo eccessive libazioni. Ripetutamente ha minacciato varie persone sia in luoghi pubblici, sia sulla pubblica via.
Cura pratica.	
Diagnosi della forma di pazzia e, se è possibile, della natura di essa.	Demenza precoce??
Dichiarazione delle ragioni per le quali il medico sottoscritto ritiene necessaria la custodia e cura del mentecatto in Manicomio.	È pericoloso per le persone di famiglia e per gli altri.

Marradi, li 9 aprile 1909

Firma del medico
dott. Augusto Pellegrini

☄

«Aspetta. Fammi almeno bere il caffè», supplica Dino uscendo dall'ambulatorio del dottor Pellegrini. Ma l'appuntato è inflessibile. «Dobbiamo prendere il treno delle dieci». Salgono le scale del palazzo comunale ed entrano nell'ufficio del sindaco, dove il dattilografo consegna ai carabinieri l'ordinanza dell'ammissione provvisoria «nel Manicomio di Firenze per misure di Pubblica Sicurezza» di «Campana Dino di Giovanni di anni 23, celibe»: «assai pericoloso, inquantoché ha minacciato nelle ore notturne pacifici cittadini».

Per quanto sia irregolare (un «demente» mai dimesso dal manicomio di Imola non potrebbe, a norma di logica e di legge, essere tenuto in osservazione nel manicomio di Firenze) la pratica procede spedita. Il giorno 10 aprile 1909 il direttore del manicomio di San Salvi, professor Rossi, avverte il procuratore del Re di avere tra i ricoverati un «Campana Dino di Giovanni di anni 23 – celibe – nato e dom:to a Marradi – benestante». «Notifico alla S.V. Illma, – gli scrive, – che il dí 9 corr. è stato ammesso in questo Istituto il controscritto ricoverato, da Marradi, provvisoriamente associatovi dal Sig.^{re} Sindaco con ordinanza 9 corr.». Lo stesso professor Rossi (nei documenti non risulta il nome di battesimo) ritorna a scrivere al procuratore del Re a proposito di Dino Campana il giorno 22 aprile 1909: «Informo la S.V. Illma che il controscritto, ammesso il 9 corr., non ha titolo sufficiente per essere associato al Manicomio. Chiedo perciò di essere autorizzato a licenziarlo».

Facendo seguito a tale richiesta il procuratore del Re, Illeggibile (tale è, purtroppo, la firma apposta in calce al documento), si rivolge in data 23 aprile 1909 al presidente del Tribunale di Firenze per chiedergli che «voglia ordinare la dimissione di Campana Dino». Il presidente (Ceglini? Anche questa firma è poco chiara) accoglie la richiesta del procuratore Illeggibile il 24 aprile 1909, «viste le carte riguardanti lo stato di mente di Campana Dino» e «viste le conclusioni del Dott.^{re} in data 22.4.1909». Ordina pertanto che «il nominato» venga immediatamente dimesso: e non si accorge, non sa, di avere con la sua delibera creato il precedente interessantissimo dal punto di vista giuridico e dal punto di vista clinico di uno «psicopatico grave», malato con «prognosi riservatissima» da una parte dell'Appennino, e non malato dall'altra...

Dino ritorna in libertà. Non ha nemmeno un centesimo e certamente non è ansioso di rivedere la gente che lo ha spedito in manicomio. Perciò va a stare qualche giorno con quello zio Francesco Campana, sostituto procuratore del Re presso il Tribunale di Firenze, di cui le memorie di parte marradese dicono che era una persona «originale», «estrosa»: non proprio matto, ma «un po' strano». È lecito pensare che Francesco contraccambiasse i fratelli con la medesima moneta, considerandoli galantuomini ma di corte vedute, chiusi nei piccoli orizzonti della loro piccola Marradi? – Dei tre fratelli Campana Francesco è certamente l'unico che vede con chiarezza anche l'aspetto legale della situazione del nipote: ed è lui che con ogni probabilità interviene in questa circostanza presso il maestro Giovanni per fargli intendere ragione e per indurlo a piú miti consigli nei confronti del figlio. Perciò io mi immagino che il giorno successivo all'arrivo di Dino Francesco scriva al fratello: «Caro Giovanni. Ti avverto con la presente che nella giornata di ieri 24 corr. Dino è stato dimesso dall'ospedale di San Salvi per insufficienza di titolo, ossia i medici non l'hanno riconosciuto matto. Attualmente è da me e ha manifestato il desiderio di trattenersi qualche giorno. Mi ha raccontato l'avventura americana e mi ha parlato anche dell'ostilità della gente di Marradi nei suoi confronti. A sentir lui, è oggetto di una vera e propria persecuzione: e in ciò certamente esagera. Permettimi tuttavia di dirti con l'abituale franchezza quello che penso di codesto tuo e nostro ragazzo e della sua tribolata vicenda. Dino è naturalmente queto, riflessivo, sensibile; anche un po' ombroso, lo so. Come tutte le persone sensibili e come noialtri di famiglia. Non è matto: ma certamente lo diventerà se insisterete a fargli fare cose per cui non ha inclinazione e a contrastarlo in ogni modo. Tu già conosci le mie idee. Come temperamento direi che ha piuttosto dell'artista che del condottiero o dello scienziato e in quanto a mandarlo in America permetti ti dica che codesta m'era parsa fin dal primo momento una trovata peregrina, se non proprio una bischerata. Ovvía: non tutto il male viene per nuocere e ai giovani d'oggi gli fa bene di vedere il mondo. In America pare che abbia imparato un poco d'inglese e un poco di spagnolo, sicché ora si può dire che possiede le basi di quattro lingue straniere. È, a suo modo, un ragazzo d'ingegno e se io ti scrivo codeste cose gli è perché mi piange il cuore di vederlo ridotto coi dementi quando forse tutti i problemi si potrebbero appianare con un poco di comprensione... Se ho detto troppo, perdonami. Se invece ritieni di potermi adoperare per l'avvenire di codesto figliolo, comanda e io ubbidirò. Saluti a Fanny e Manlio. Tuo aff.mo Francesco».

Di ritorno a Marradi a metà maggio, Dino è lo scemo del paese come lo era ad aprile quando se ne andò scortato dalle guardie; ma per molti aspetti la sua situazione è cambiata. Innanzitutto è cambiato il rapporto col padre, che non cerca piú di pianificargli il futuro anzi domanda a lui, Dino, di cosa gli piacerebbe occuparsi; cosa vorrebbe fare «per esempio nel campo dell'arte». (Scartando solo la poesia, di cui «nessuno può vivere»). È cambiato il rapporto con i notabili marradesi, che sono usciti scornati ed anche un po' sminuiti da tutta la vicenda. (La gente pensa: «Se non riescono nemmeno a far chiudere in manicomio il matto del paese, che notabili sono?»). È cambiato, impercettibilmente, anche il rapporto con la madre: ed è questo il dato piú significativo. – Taciturna e bisbetica come al solito, «Fanny» divide i suoi giorni tra funzioni religiose e funzioni domestiche ma nei confronti di Dino si comporta con minore aggressività, si mostra quasi rassegnata ad accettarne l'esistenza. Una sorta di stanca sopportazione sta cominciando, pian piano, a sostituirsi al furore degli anni precedenti; e s'intende che il processo è lento, quasi impercettibile; che ancora nel 1909, nel 1910, nel 1911 in casa Campana si urla e si tirano i piatti: sempre piú di rado, però, ed anche con minor violenza che per il passato. La madre e il figlio si affrontano «*comme deux ennemis rompus | que leur haine ne soutient plus | et qui laissent tomber leur armes*». («Come due nemici fiaccati | che l'odio non basta piú a sorreggere | e che lasciano cadere le loro armi»: sono versi dei *Canti Orfici*, scritti tra il 1910 e il 1913).

Ciò che invece cresce inarrestabile è la fama marradese del «matto», e con la fama le persecuzioni dei monelli, degli sfaccendati che passano il loro tempo al caffè, dei coetanei «normali» di Dino: il cui modello acclamato è, all'epoca, il giovanissimo segretario comunale Bucivini Capecchi. (Intraprendente con le donne, ambizioso, sbrigativo, astuto). Questo Bucivini Capecchi, che Zavoli intervisterà sessantenne, compare negli incubi di Dino anche lontano da Marradi: a Bologna, a Firenze, a Genova. «Poi ho incontrato uno del mio paese», leggiamo nel primo abbozzo di un testo dei *Canti Orfici*, «e riodo le grida degli sciacalli urlanti che mi attendono ancora lassú. Udiste voi nell'ora della terribile angoscia la folla gridare barabba barabba: vedeste barabba guardare su voi con lo stesso disprezzo del vostro segretario comunale? Veramente non posso suicidarmi senza essere vigliacco. E poi ormai...»

Per due o tre estati consecutive a partire da quella del 1909 Dino frequenta la «bottega» di mastro Michele Gordigiani, pittore e artista marradese. Fa qualche copia di gessi, s'esercita col carboncino, con gli acquarelli, con la creta. Soprattutto discorre d'arte e di letteratura col figlio di Michele, Edoardo: che è vissuto molti anni in Francia, è stato allievo di Renoir e di Cézanne e ora ha studio a Firenze, soltanto nei mesi estivi ricompare a Marradi. Edoardo Gordigiani gli parla degli scrittori e dei poeti che ha conosciuto di persona: Mallarmé, Gide, Maeterlinck, Jacob, Apollinaire... Gli presta libri che lui s'affretta a leggere sui suoi monti, a Campigno o al passo dell'Eremo. Un tal Leonardo Zaccarini, «garzone di bottega» del vecchio Michele, vorrebbe seguirlo in quelle gite: gli si affianca, insiste. Pur di liberarsene, Dino non esita a ricorrere alla sua fama di matto: «Non venire con me, Zaccarini. Con me solo si può star male. Io sono matto».

A ottobre va ad abitare a Firenze in casa dello zio Francesco e ci sta fino a giugno dell'anno successivo. Frequenta corsi di tedesco e di inglese in una scuola privata, va a teatro con l'amico Francini (un giovanotto di Marradi che lavora come praticante al quotidiano «La Nazione» e scrive testi di commedie), bazzica gli studi dei pittori: Gordigiani, Costetti, Pettoruti, Candia... Spedisce lettere a giornali e riviste offrendo la propria collaborazione per articoli di critica, letteraria o teatrale. Una di quelle missive è arrivata fino a noi ed è anche stata pubblicata. Dino vi si qualifica «ex studente di Università, diplomando in lingue» e si rivolge a un tal Virgilio Scattolini direttore del settimanale «Difesa dell'Arte». «Io conosco cinque lingue, – dice Dino, – e mi offro volentieri per far passare un po' di giovine sangue nelle vene di questa vecchia Italia, e ciò per tutte le questioni che loro crederanno opportuno sollevare. Un po' di coltura di pensiero veramente e vivamente moderno la posseggo anch'io. E i miei lunghi viaggi e le diverse manifestazioni del genio umano che ho studiato nelle diverse letterature moderne mi hanno conferito qualche larghezza, serenità e indipendenza di giudizio».

La notizia della fine del mondo arriva sui giornali italiani all'inizio del 1910 e lí per lí nessuno ci dà peso, si pensa ad un espediente per accalappiare i lettori, a una trovata estemporanea di cronisti a corto di notizie... «Cos'altro potrebbero inventare, ormai?» Pian piano, però, con l'accumularsi degli articoli, delle interviste, dei diagrammi la gente arriva a capire che non si tratta di deliri o di lontane profezie: è cosa seria, scientifica. Non ci sono dubbi, dicono gli astronomi. Nella notte tra il 18 e il 19 maggio la Terra attraverserà la coda della Cometa di Halley, composta di gas rari e venefici: istantaneamente su di essa ogni forma di vita perirà. Uomini e animali giaceranno, secondo la lettera delle antiche Scritture, «come letame sulla distesa del campo». S'interpellano fisici, chimici, matematici: i calcoli sono esatti, l'evento – si dice – è ineluttabile. Particolare risonanza di qua e di là dall'oceano hanno le dichiarazioni del celebre astronomo Flammarion circa la «prossima catastrofe». Dappertutto nel mondo si diffonde il panico. Il numero dei suicidi – fatto incredibile ma vero – cresce man mano che ci si avvicina al fatidico appuntamento con la Cometa, fissato per le 3,20 antimeridiane di giovedí 19 maggio. – Mercoledí 18, vigilia della fine, il quotidiano «La Nazione» esorta i fiorentini a pentirsi e a raccomandare l'anima a Dio con parole che non sarebbero dispiaciute a fra' Girolamo Savonarola. «Facciamo dunque l'esame di coscienza, – dice l'anonimo editorialista, – e chiediamo perdono a Dio dei nostri innumerevoli peccati: domani o domani l'altro noi non saremo piú». Già nelle prime ore della sera tutta la popolazione è per strada. Le chiese, aperte, rigurgitano di folla fin sui sagrati e nelle piazze. I Lungarni sono gremiti in modo inverosimile; nessuno, per quanto vecchio o malato, tollera l'idea di morire da solo. Di tanto in tanto echeggiano spari, nelle vie e nei vicoli del centro, si svolgono brevi inseguimenti, colluttazioni furibonde: i giornali di giovedí 19, che usciranno tutti nelle ore pomeridiane e serali, parleranno di decine di arresti, di un confronto aperto, frontale tra la polizia e la malavita che s'è mobilitata al completo per saccheggiare appartamenti e negozi di oreficeria... Delitti vengono compiuti nella certezza dell'impunità. A Bagno a Ripoli un giovane di 23 anni massacra a bastonate il patrigno; in via Valfonda, di fianco alla stazione, si troverà il cadavere di un uomo morto in circostanze non chiare. Bande d'ubriachi s'aggirano cantando oscenità improvvisate sull'aria del *Miserere*, del *De profundis*, del *Dies irae*, degli inni stessi che i devoti stanno cantando nelle chiese. Cortei spontanei, con fiaccole, salgono verso il piazzale Michelangelo e Dino con loro, in mezzo a gente mascherata che balla polche o *cancan* dandosi il ritmo con ogni sorta di strumenti: fisarmoniche, raganelle, barattoli... «Eccoli qua, gli impiegati di questa Cassa di Risparmio che è il mondo. Che patteggiano la propria morte col Padreterno nelle chiese o la tramutano in festa, con quest'assurda gaiezza: perché la morte è uno sperpero e perché lo sperpero, per loro, non è cosa da prendersi sul serio. Mai».

Dai cespugli a fianco dei viali vengono gemiti e rantoli d'accoppiamenti sbrigativi. Il cielo è zeppo di stelle: dove sarà la Cometa? «Il piazzale Michelangelo, – annota sul suo taccuino il cronista della "Nazione", – rigurgita di una folla che inebriata di una letizia quasi carnevalesca attende allegramente di poter salutare la bella chiomata Cometa». «Il piazzale Michelangelo è ingombro di automobili, biciclette, motociclette e carrozze che hanno condotto quassú centinaia e migliaia di persone». Purtroppo, l'ora trascorre senza che la Cometa s'affacci a sterminare gli umani; la gente appare «delusa». «Alle 3,20 l'aspettativa dei numerosi spettatori è andata delusa perché la Cometa non è comparsa». «Mentre appaiono le prime luci a Oriente, Venere brilla in un crepuscolo meraviglioso come sopra lo smalto di una conchiglia, vivendo di luci e di riflessi». «La Cometa non è apparsa! La folla discende giú pei giardini e per le rampe fiorite».

Le estati del 1910 e del 1911 non hanno storia. Dino s'aggira per i monti, va a bottega dal vecchio Gordigiani, aiuta l'amico Francini ad allestire due commedie (*«Il Marciapiedi» alla ribalta*, 1910; *Lo Zibaldone*, 1911) per il teatrino marradese. Recita in entrambe le commedie: nella prima è solista del Coro, nella seconda interpreta la parte del Pedagogo facendo la caricatura del padre che – dicono le memorie locali – assiste alla rappresentazione divertendosi molto. Questa apparente normalità ha però come sfondo un paese intero – Marradi – che non tralascia occasione d'irridere e di perseguitare il suo «matto»; che non può rinunciare ad avere un «matto» perché ancora la televisione non è stata inventata e i divertimenti sono pochi... (Quando Sergio Zavoli verrà a Marradi, all'inizio degli anni Cinquanta, verificherà sostanzialmente tre tipi di reazioni da parte di coloro che ricordano il «matto»: «Lo stupore di ricevere conferma del pubblico interesse per Dino Campana; la difficoltà di conciliare l'estimazione di oggi con il ricordo del passato discredito; la paura, infine, di non sapere degnamente ricordare il concittadino se non scusandosi d'averlo miseramente creduto un pazzo e basta. E tanto si scusarono che fecero a gara nel dar prove di quella ormai onorevole pazzia»).

Il giorno 15 settembre 1910, di buon'ora, Dino parte da Marradi per raggiungere a piedi quel monte della Verna dove quasi settecent'anni prima un altro matto come lui – Francesco – s'era ridotto a vivere tre mesi con «frate» lupo e «sora» aquila, dormendo sul crudo sasso e cibandosi di bacche, di radici. Ma la Verna non è una meta vicina e il viaggio di Dino (che, tra andata e ritorno, durerà piú di quindici giorni) diventa un vero e proprio pellegrinaggio per valichi e strade sassose, nella «solitudine mistica», nel «mistico silenzio» di «valli barbare» e di «foreste antichissime». In quel silenzio e in quella solitudine Dino riflette sulla propria poesia come «poesia di movimento» e «poesia toscana», ne riconosce i presupposti. La poesia di movimento è in Dante («Dante la sua poesia di movimento, mi torna tutta in memoria. O pellegrino, o pellegrini che pensosi andate»). La poesia toscana è quella che si manifesta compiutamente nei «divini primitivi»: Leonardo, Andrea del Castagno, Francesco. Camminando sotto il cielo luminoso «nello spazio, fuori del tempo» il venticinquenne Dino Campana decide del suo futuro: sarà poeta e null'altro. (Come Francesco fu santo; come Andrea del Castagno fu pittore). Ridarà vita e armonia alla «poesia toscana che fu».

L'itinerario del viaggio è nella prosa dei *Canti Orfici* e del manoscritto «smarrito»: Campigno, Passo delle Scalelle, Castagno d'Andrea («Nel presbiterio una lapide ad Andrea del Castagno»), la Falterona, Campigna («non Campigno»), Stia, la Verna «fortezza dello spirito, le enormi rocce gettate in cataste da una legge violenta verso il cielo, pacificate dalla natura prima che le aveva coperte di verdi selve, purificate poi da uno spirito d'amore infinito...»

Il ritorno è un addio alla fanciullezza: che soltanto qui e soltanto ora, per il poeta, finisce. Davanti al muro della Verna dove il graffito di Francesca gli ricorda un'«ansia» lontana. («Me ne sono andato per la foresta con un ricordo risentendo la prima ansia. Ricordavo gli occhi vittoriosi, la linea delle ciglia: forse mai non aveva saputo: ed ora la ritrovavo al termine del mio pellegrinaggio che rompeva in una confessione cosí dolce, lassú lontano da tutto»). O nella valle del Campigno: «Rivedo un fanciullo, lo stesso fanciullo, laggiú steso sull'erba. Sembra dormire. Ripenso alla mia fanciullezza: quanto tempo è trascorso da quando i bagliori magnetici delle stelle mi dissero per la prima volta l'infinità delle morti!... Il tempo è scorso, si è addensato, è scorso: cosí come l'acqua scorre, immobile per quel fanciullo: lasciando dietro a sé il silenzio, la gora profonda e uguale: conservando il silenzio come ogni giorno l'ombra...»

Di ritorno dalla Verna ai primi d'ottobre Dino non scende in paese, tra gli «sciacalli urlanti» di Marradi, ma si trattiene a Campigno in casa di una vedova che gli affitta una camera per un mese. Legge, scrive, passeggia senza che nessuno lo disturbi nel silenzio e nella pace del bosco. «Sono capitato in mezzo a buona gente. La finestra della mia stanza che affronta i venti e una vedova già serva padrona di un nobile romagnolo, il figlio povero uccellino dai tratti dolci e dall'anima indecisa, povero uccellino che trascina una gamba rotta e il vento che batte alla finestra dall'orizzonte annuvolato, i monti lontani ed alti, il rombo monotono del vento. Lontano è caduta la neve.

La serva padrona zitta mi rifà il letto e l'aiuta la fanticella.

Monotona dolcezza della vita patriarcale».

Secondo la leggenda marradese registrata dal Gerola e divulgata dal Falqui giust'appunto in questo periodo Dino, scorrazzando tra i monti, comincia a compiere imprese ancora piú ardimentose di quelle del suo conterraneo Stefano Pelloni detto «il Passatore», che per spaventare la gente si serviva di un fucile a trombone. Armato solo della sua fama di matto si insedia in casa dei bifolchi: li costringe ad imbandirgli la tavola, a rifargli il letto, a rigovernargli la camera per settimane e per mesi e ciò soltanto col terrore delle sue «possibili reazioni»... La verità, meno epica, si comprende invece partendo dal presupposto che Marradi, Palazzuolo sul Senio, Campigno e tutto il Mugello sono, all'inizio del secolo, luoghi di piccola villeggiatura: di «agriturismo», come oggi si direbbe. Dino non irrompe in casa di nessuno ma si rivolge a persone che abitualmente affittano camere; contratta il prezzo della stanza – di solito molto modesto – e vi si stabilisce per un periodo di tempo determinato in anticipo: quindici giorni, un mese. Se ha soldi paga da sé; se non ne ha, li manda a chiedere al padre che non fa nulla per scoraggiare queste «villeggiature» del figlio anzi con ogni probabilità è stato lui a suggerirle. (La popolarità del «matto» è ormai tale che i responsabili dell'ordine pubblico temono incidenti. E può darsi che sia proprio il nuovo sindaco di Marradi, ingegner Vincenzo Mughini, a consigliare in via amichevole il maestro Giovanni Campana di tenere «quel figliolo» il piú possibile lontano dal paese: «Visto che non si può tenere il paese lontano da lui». Oppure anche può darsi che il maresciallo Senzanome, dei carabinieri locali, convochi Torquato Campana tutore del «demente» per dirgli «Io lo so come vanno queste cose. Una parola di troppo, un bicchiere di troppo, e, Dio non voglia...» – Chissà. Chissà se davvero vi fu un intervento dei reggitori marradesi presso la famiglia del «matto» per fargli capire i rischi della situazione. Io credo di sí, e credo che la condiscendenza del maestro Campana nei confronti delle «villeggiature» del figlio – dall'autunno del 1910 all'estate del 1912 – sia prova di virtú civiche, oltre che familiari...).

Nell'inverno 1910-11 Dino è di nuovo a Firenze, iscritto a quello stesso corso di lingue che ha frequentato per un anno e che non concluderà mai. Conosce qualche scrittore: Ferdinando Agnoletti, lattaio; Ugo Tommei, commesso di cartoleria e confessore ufficiale dei letterati fiorentini; Italo Tavolato, studente con l'idea fissa d'arrivare a scrivere nella rivista «La Voce». In primavera (ad aprile?) comincia a andare all'Università ad ascoltare le lezioni del professor Guido Mazzoni, massimo rappresentante della cultura accademica dell'epoca. – Erudito, retore, poeta, continuatore ed erede della «critica storica» carducciana, codesto illustre Mazzoni è titolare della cattedra di letteratura italiana all'Università di Firenze, presidente dell'Accademia della Crusca, socio onorario dell'Accademia dei Lincei e senatore del Regno, nominato da Sua Maestà il 26 gennaio 1910 assieme al filosofo Benedetto Croce e a pochi altri benemeriti della scienza e della cultura. Ma per il giovane Campana è soprattutto l'allievo di Carducci, anzi il prediletto tra gli allievi: e le sue lezioni dell'anno accademico 1910-11 gli interessano perché concludono il corso sulla poesia italiana dell'Ottocento trattando – appunto – del Vate. Anche l'aspetto fisico del «professore e senatore» appare a Dino «venerabile». Mazzoni è alto, austero, con i capelli già candidi tagliati corti «alla Umberto» e grandi baffi castani. Porta cravatte *à papillon* su collettoni inamidati, secondo una moda del secolo precedente. Ha il difetto d'essere sospettoso, ombroso, di chiamare la polizia per ogni nonnulla: ma, questo, Dino non lo sa. Lui sa soltanto d'essere un estraneo, non iscritto al corso e non autorizzato a frequentare le lezioni: perciò si tiene in disparte, cerca di nascondersi e finisce per dare nell'occhio assai piú che se si mettesse in evidenza. Mazzoni, che l'ha notato, s'informa dai suoi assistenti: «Che è quel coso peloso?» «Da dove viene?» «Chi è?» Vengono sentiti i bidelli. Dicono: «Fino all'inizio del mese non s'era visto». Qualcuno commenta l'aspetto dello sconosciuto: la giacca da contadino, il nero attorno alle unghie, la corta barba rossiccia. «E se fosse un anarchico?» Mazzoni sbianca, trasecola: «Un anarchico alle mie lezioni!» «Se riviene gli si domanda il tesserino», propone fieramente un bidello. Ma il professore è di tutt'altro avviso: «Per carità. Non parlategli. Non interpellatelo nemmeno. Potrebbe essere armato. Potrebbe...» Agita le mani a significare il peggio. «Appena lui entra chiamate la Questura. Lasciate fare a chi è del mestiere. Non immischiatevi». «Oddío... Pure l'anarchico doveva capitarci».

(Pochi giorni dopo questo dialogo immaginario Dino Campana da Marradi, venticinquenne, celibe, benestante, verrà «catturato» dagli agenti di pubblica sicurezza all'uscita dell'Università e trascinato in manette verso il furgone cellulare che lo porterà in Questura: dove subirà una perquisizione «completa» – con ispezione dei vestiti e delle cavità corporee – ed un lunghissimo interrogatorio, preludio a quelli del Pariani. I particolari su cui i poliziotti torneranno con piú accanimento saranno i viaggi compiuti all'insaputa della famiglia – in Svizzera, in Francia, in Belgio – e la condizione di ex studente di chimica. «Adesso parlaci delle bombe», gli intimerà a un certo punto il commissario che lo sta interrogando, che gli sta puntando la lampada negli occhi. «Quante ne hai preparate e per chi». Dino: «Ma cosa dite... Ma che bombe». Il commissario: «Rispondi». E poi: «Sappiamo tutto di te. Sappiamo che ti eri iscritto a chimica per imparare a confezionare esplosivi». Dino: «No, non saprei fare nulla». «Ho dato in tutto tre esami...»).

Grazie all'intervento dello zio magistrato Dino non finisce in prigione: ma in quel suo arresto davanti all'Università ci sono fatti che sfuggono, che ci autorizzano a pensare a un preesistente interesse dei poliziotti... Chissà. Forse assomigliava a qualcuno dei tanti sovversivi e anarchici che allora si ricercavano in ogni parte d'Europa; forse, piú verosimilmente, aveva avuto rapporti con anarchici e si voleva spaventarlo per indurlo a collaborare, a diventare «confidente». A tanti anni di distanza tutte le ipotesi sono buone. L'unica cosa certa è che appena lo rilasciano Dino scappa da Firenze e se ne tiene lontano per due anni. Resta pochi giorni a Marradi dai genitori e poi va a stare a Badia, in casa di un tale Pietro Donatini contadino che gli ha affittato una camera. Qui, nel silenzio della campagna, trascorre buona parte del 1911 e anche dell'anno successivo. Per rifornirsi di libri e per vedere gente di tanto in tanto va a Bologna, dove incontra un amico del Francini: Nicola Spano segretario della facoltà di lettere ed aspirante drammaturgo. Bazzica il Bar Nazionale e vi conosce il suo primo biografo bolognese, il Bejor. L'altro biografo, il Ravagli, lo incontrerà un po' piú tardi, circa la fine del '12...

Nell'estate del 1911 si verifica un evento centrale della vita di Dino Campana: la sua scoperta dell'amore (prezzolato) e della donna (prostituta). I fatti sono descritti con abbondanza di dettagli nei *Canti Orfici*. L'età (ventisei anni) è quella delle iniziazioni difficili: di soggetti lungamente repressi e afflitti da turbe giovanili, che al primo impatto col sesso cazzottavano il «cadavere di Ofelia». Il mese è l'«Agosto torrido»; il giorno è «il piú lungo giorno» della vita di Dino, quello in cui la sua vita precedente viene a riassumersi, tutt'intera: «Anni ed anni ed anni fondevano nella dolcezza trionfale del ricordo». Il luogo è il bordello di Faenza, retto, all'epoca della vicenda, da «una antica e opulenta Matrona dal profilo di montone – coi neri capelli agilmente attorti su la testa sculturale barbaramente decorata»: che inganna il tempo facendo un solitario con carte da gioco napoletane, «lunghe e untuose». La cerimonia si compie in due tempi, o, se si preferisce, subisce un rinvio a causa d'un momentaneo impedimento della Sacerdotessa che all'arrivo dell'adepto «dormiva con la bocca semiaperta rantolante di un sonno pesante, seminudo il bel corpo agile e ambrato». Il poeta accetta d'intrattenersi con la Matrona-Ruffiana; mentre loro conversano, la «Sacerdotessa dei piaceri sterili» si sveglia e si mette ad ascoltare i discorsi, interviene a dire la sua. – Per quanto Dino si sforzi di trasferire tutta la vicenda nella distanza del ricordo e del sogno, appaiono forti e quasi invincibili le resistenze di una materia grassoccia, che nemmeno i rimandi mitologici riescono a far lievitare. E finiscono per essere dominanti proprio quegli elementi descrittivi, «veristi», che dovevano invece fare da sfondo al disvelarsi del mistero: il sole, l'afa, la pianura romagnola, la villa vuota, le due donne che si annoiano, che intrattengono l'unico cliente ben piú di quanto vorrebbero le leggi di mercato; cosí, per passare il tempo...

In realtà, l'incontro di Dino Campana con l'«ancella» faentina non è che un preludio all'incontro con le «bianche colossali prostitute» («le Madri») che gli appaiono per la prima volta schierate sul lungomare di Genova nel febbraio del 1912. (La data è certa. Sappiamo da un appunto autografo di Dino che nel 1912, a febbraio, lui abitò per alcuni giorni o alcune settimane a Genova. Sappiamo anche l'indirizzo: «Vico Vegetti 27 interno 2»). «A l'ombra dei lampioni verdi le bianche colossali prostitute sognavano sogni vaghi ne la luce bizzarra al vento. Il mare nel vento mesceva il suo sale che il vento mesceva e levava ne l'odor lussurioso dei vichi – e la bianca notte mediterranea scherzava colle enormi forme bianche de le femmine tra i tentativi bizzarri delle fiamme di svellersi dal cavo dei lampioni. Esse guardavano la fiamma e cantavano canzoni di cuori in catene. Tutti i preludii erano taciuti oramai. La notte, la gioia piú quieta della notte era calata. Le porte moresche si caricavano e si attorcevano di mostruosi portenti neri nel mentre sullo sfondo il cupo azzurro si insenava di stelle. Solitaria troneggiava ora la notte accesa in tutto il suo brulicame di stelle e di fiamme. Avanti come una mostruosa ferita profondava una via. Ai lati dell'angolo delle porte, bianche cariatidi di un cielo artificiale sognavano il viso poggiato alla palma. Ella aveva la pura linea imperiale del profilo e del collo vestita di splendore opalino. Con rapido gesto di giovinezza imperiale traeva la veste leggera su le sue spalle alle mosse e la sua finestra scintillava in attesa finché dolcemente gli scuri si chiudessero su di una duplice ombra. Ed il mio cuore era affascinato di sogno, per lei, per l'evanescente come l'amore evanescente, la donatrice d'amore dei porti, la cariatide dei cieli di ventura. Sui suoi divini ginocchi, sulla sua forma pallida come un sogno uscito dagli innumerevoli sogni dell'ombra, tra le innumerevoli luci fallaci, l'antica amica, l'eterna Chimera teneva tra le mani rosse il mio antico cuore».

La «forma pallida», «evanescente»... A Genova, nel 1912, un'assassina invisibile entra nel sangue del poeta «come un sogno uscito dagli innumerevoli sogni dell'ombra»; un sogno malinconico e «vano». («Tutto è vano vano è il sogno: tutto è vano tutto è sogno: Amore, primavera del sogno sei sola sei sola che appari nel velo dei fumi di viola. Come una nuvola bianca, come una nuvola bianca presso al mio cuore, o resta o resta o resta! Non attristarti o Sole!»). E l'amore, «eterna Chimera», finisce ancora una volta per coniugarsi con la morte: «Volti, volti cui risero gli occhi a fior del sogno, voi giovani aurighe per le vie leggere del sogno che inghirlandai di fervore: o fragili rime, o ghirlande d'amori notturni... Dal giardino una canzone si rompe in catena fievole di singhiozzi: la vena è aperta: arido e rosso e dolce è il panorama scheletrico del mondo».

Nella primavera del 1912 Dino è a Badia, tra i suoi monti: medita, legge, compone le prose e i versi di quel libro che aveva progettato di scrivere a Parigi. Ha qualche disturbo, cui non dà troppa importanza. Probabilmente s'accorge d'essere «impestato» soltanto ai primi di giugno ed altrettanto probabilmente, anziché rivolgersi a un medico di Marradi, corre a Faenza o a Bologna da uno specialista in malattie veneree. Possiamo immaginare la visita («Spogliati», «Alza le braccia», «Abbassale», «Cammina», «Rivestiti»), faticosa soprattutto per Dino. Possiamo immaginare i farmaci prescritti (unguenti e polveri mercuriali) e l'assoluto divieto d'avere rapporti intimi con chicchessia «almeno per un anno». (Questo divieto, tra l'altro, spiegherebbe la tenace castità di Dino – testimoniata dal Ravagli – nell'autunno del 1912 e nell'inverno successivo: «Certo è che mai una volta, nelle stazioni del nostro peripatetico libertinaggio collettivo, si degnò di sacrificare a Venere Pandemia». «Seguiva passivamente, senza entusiasmo, parlando poco: non partecipava alle gazzarre ambulatorie, ai canti corali d'approccio. Dentro la sala d'attesa, se ne stava in disparte, in un angolo, quasi per sottrarsi agli sguardi delle femmine...» «Qualche volta, lasciato in pace solo e assorto, rideva d'improvviso, ma di un riso superficiale, breve e controllato: o borbottava incomprensibili cadenze: o guardava senza parere, di sotto in su...»).

A luglio, Dino sta male e ha il corpo ricoperto di chiazze grandi come una moneta da una lira. Ad agosto scende a

Marradi e il padre gli fa tutto un discorso, non una predica né un rimprovero: proprio un discorso. Gli dice lo sai cosa significano, Dino, questi miei capelli bianchi? Significano che ho quasi sessantacinque anni e che salvo proroghe o incarichi speciali sto per andarmene in pensione. Come farò a mantenerti, e poi chi ti manterrà quando io non ci sarò piú? Gli dice: «Svegliati, Dino». «Non si può vivere di sogni e non si può vivere di poesia. Nemmeno D'Annunzio c'è riuscito». «Gli hanno venduto anche i cani, i leggii, i calamai, se non si portava in Francia la biancheria intima e i calzini gli mettevano all'asta pure quelli...» Tira fuori di tasca una lettera. Dice: «Mi sono preso la libertà di scrivere al tuo amico Nicola Spano, a Bologna; spero che non me ne vorrai. Gli ho chiesto di assumere presso la facoltà di scienze le informazioni relative al caso di un ex studente come te. Quante sessioni d'esame ti ci vorrebbero, iscrivendoti nel novembre di quest'anno, per arrivare alla laurea». «Ha risposto... – il maestro Campana inforca gli occhiali ed apre la lettera – ha risposto che se inizi subito la tesi e se recuperi a febbraio quell'esame di fisica per cui eri stato bocciato, potresti laurearti nel luglio del 1914». Piega la lettera, la intasca; toglie gli occhiali da presbite e li rimette nell'astuccio. Dice: «Sta a te decidere il da farsi. Se vuoi finire gli studi questa è l'ultima possibilità che ti do, perché dopo il luglio del 1914 tu, da me, non vedrai piú un soldo».

«Dimostrava alcuni anni piú di noi. Tarchiato, biondastro, di mezza statura, si sarebbe detto un mercante a giudicarlo dall'apparenza, un eccentrico mercante con magri affari. Le commesse del bar, i camerieri, gli estranei lo guardavano con circospetta ilarità. Aveva una lunga capigliatura biondo-rame, folta e ricciuta, che gl'incorniciava un viso di salute: due baffetti che s'arrestavano all'angolo delle labbra, e una barbetta economica che non s'allontanava troppo dal mento».

Cosí, secondo Ravagli, Dino Campana appare agli studenti bolognesi che frequentano il Bar Nazionale nell'ultimo scorcio del 1912. I documenti dell'Università dicono che l'iscrizione viene rinnovata il giorno 22 novembre e che l'esame di fisica viene ripetuto con un'ottima votazione: ventisette trentesimi. Esistono anche testimonianze specifiche circa l'impegno negli studi. «Ricordo, – dirà una Lina Mondini dottoressa in chimica, – che nell'anno accademico 1912-13, Campana frequentò parzialmente il corso di Analisi chimica quantitativa, di cui era incaricato il prof. Scagliarini. Per il suo aspetto strano, per la sua figura caratteristica, egli destava, tra le studentesse, un vivo senso di curiosità divertita. E anche preoccupata, in verità: poiché nel laboratorio si usano acidi e sostanze ad alta temperatura. Campana attendeva a tutte le manipolazioni inerenti al corso – e, quindi, anche alla soffieria, che è un apparecchio col quale si ottengono temperature superiori ai mille gradi –: ma il suo comportamento fu sempre normale, corretto, correttissimo. D'improvviso sparí: e nessuna di noi piú ne seppe nulla».

L'8 dicembre 1912 Dino riceve il battesimo della stampa. Escono sul «Papiro» – «Nobilis charta universitaria: centesimi venti» – tre testi suoi, senza firma. (Essendo l'onore della firma riservato ai collaboratori «laureati» quali Stecchetti o Albertazzi e negato invece agli studenti gli viene imposto d'ufficio uno pseudonimo goliardico per ogni testo pubblicato. Per *La Chimera*, «Campanone»; per *Le cafard*, «Campanula»; per *Dualismo*, «Din-Don»).

Gli amici e compagni di Dino in questo periodo si chiamano Olindo Fabbri, Federico Ravagli, Mario Bejor, Quirico Dall'Oca, Bucci, Ughelli, Pianori... Soprattutto appare collaudato il sodalizio col Fabbri, che lo ospita nella sua camera di via Castiglione quando lui si fa cacciare da via Zamboni e lo tratta con molta familiarità: lo consiglia a proposito degli studi, lo trascina assieme ai goliardi per osterie e per «casini», scherza perfino sui suoi versi... Un po' in disparte c'è Nicola Spano cioè «Giuda, il mio migliore amico impiegato all'Università»: che adesso Dino sospetta d'essere l'informatore del padre e da cui si tiene lontano in attesa di un chiarimento che dovrà essere, per lui, una rivincita personale. («Faremo i conti», gli ha detto).

Per divertire i goliardi Dino Campana compie due bravate, che chiameremo rispettivamente «bravata della sedia» e «bravata del cane». La bravata della sedia è presto detta. Ravagli: «Una sera, di ritorno dall'Eden, passammo accanto alla geometria dei tavoli che il caffè dell'Arena teneva allineati in bell'ordine in piazza Garibaldi. Campana, senza dir parola, prese una sedia: e continuando la strada con noi, imperturbabile e sordo ai nostri allegri richiami, se la portò fino in piazza Nettuno, dove, tra le matte risate dei curiosi, la issò sul Gigante».

La bravata del cane è, invece, uno dei pilastri su cui si fonda la «leggenda Campana». Passando di bocca in bocca e di pagina in pagina quell'episodio s'è scomposto in due, quattro, dieci episodi diversi avvenuti in luoghi diversi e alla presenza di innumerevoli testimoni: si sono registrate risse da film *western* con devastazioni di locali pubblici, distruzioni di vetrine e di insegne di negozi, minacce a mano armata... Fortunatamente, un trafiletto del «Giornale del Mattino» ci permette di ricostruire i fatti. – Il giorno dopo Natale (26 dicembre 1912) Dino va a pranzo con gli amici. Verso le quattro del pomeriggio s'alza da tavola e, leggermente sbandando, si dirige verso «la sua abitazione situata nella casa n. 52 di via Zamboni» assieme a «certi Quirico Dall'Oca dimorante in via Mazzini al n. 42 e Bucci Paolo, dimorante in via Cartoleria al n. 36». Sulle scale di casa incrocia «un giovane cameriere del prof. Gorrieri dimorante al n. 34 della stessa via» con al guinzaglio un piccolo cane vestito di paltoncino rosso e ornato di campanellini. Senza aprir bocca, afferra il cane; lo solleva oltre la ringhiera e lo «depone» sul pianerottolo sottostante suscitando un mezzo putiferio: guaiti, strilli di una ragazza che sta salendo le scale, improperi del cameriere che però viene messo in fuga e inseguito fin dentro il caffè sotto casa... Qui, secondo Ravagli, Dino Campana compie gesta degne del paladino Orlando: «Fece irruzione nel caffè sotto il portico – ora c'è una farmacia – dove la ragazza (sic) si era rifugiata; e quivi prese a rovesciar tavoli, a rotear sedie, a frantumar vetri e bottiglie, con pazzo furore. Il conduttore del locale e i pochi clienti impauriti tentarono invano di placare la sua ira». Stando invece al cronista del «Mattino», nel caffè sotto casa Dino si prende un paio di cazzotti e scappa. Tutto finirebbe lí se non passasse per strada il comandante delle guardie municipali in persona: «Nel pomeriggio di ieri verso le ore 16, il comandante delle guardie municipali Dalmonte-Casoni, transitava per via Zamboni insieme con alcune persone della sua famiglia, quando giunto nei pressi della casa segnata col n. 52, fu attratto dal rumore prodotto da una vetrata sbattuta e vide un giovanotto senza cappello, il quale, liberatosi dalle strette di alcune persone che si trovavano sulla soglia del caffè, situato in detta casa, si dava a fuggire verso il teatro comunale. Immaginando trattarsi di un qualche ladro, il Dalmonte-Casoni si diede a rincorrerlo e riuscí a raggiungerlo nei pressi di via del Guasto». Dino, che non comprende le ragioni di tanto accanimento da parte di uno sconosciuto gli dice «vattene» e lo minaccia: prima con «un ciottolo raccattato dalla via» e poi con una chiave. «Fortunatamente, – conclude l'anonimo cronista, – di lí a pochi minuti arrivavano le guardie municipali Pagani Enrico, Sparragni Carlo e Lucchetti Aldo, le quali aiutarono il loro comandante a ridurre all'impotenza il giovane che pareva invasato da una vera frenesia ed a condurlo in vettura alla caserma di palazzo. Quivi il dottor

Gregorini che lo visitò, gli riscontrò un principio di squilibrio onde lo fece trasportare all'Ospedale Maggiore. Egli è lo studente Campana Dino di Giovanni d'anni 28 da Marradi alunno presso la nostra Università».

In seguito all'episodio del cane, che mette in luce due cose: l'eroismo del comandante Dalmonte-Casoni e la sfortuna (in bolognese «sfiga») di Dino, quest'ultimo viene cacciato dalla camera di via Zamboni e convocato in Questura: dove lo accolgono come una vecchia conoscenza e lo costringono a parlare di sé. («Perché hai ripreso a studiare?» «Perché sei tornato a Bologna?» «Perché a Firenze ti avevano arrestato?»). Come sempre quando ha a che fare con la polizia lui subito vorrebbe partire, andarsene: ma Fabbri, Spano, Dall'Oca riescono a impedirgli di interrompere gli studi: «Dài almeno l'esame di fisica che hai preparato, – gli dicono, – e poi, se proprio vuoi andartene, chiedi il trasferimento ad un'altra Università. Che senso c'è a piantar tutto? Non hai mica ammazzato qualcuno». Dino decide: andrà a Genova. Lí, dice, i poliziotti hanno altro per il capo che perseguitare studenti scalcagnati come fan questi di Bologna. («Bologna! Città di beghine e di ruffiani, mai un omicidio, mai un fatto di sangue!»). Per tutto il mese di gennaio continua a frequentare le lezioni: anche se lo esaspera l'atteggiamento del commissario («il classico, baffuto, colossale emissario») e degli agenti di pubblica sicurezza che incontrandolo per strada gli strizzan l'occhio e gli fan certi sorrisetti che significano: «Ci conosciamo, noi due!» All'inizio di febbraio supera l'esame di fisica e parte per Genova; il giorno 24 dello stesso mese ottiene il trasferimento da una all'altra Università. Il 3 marzo 1913 Nicola Spano («Giuda») scrive di lui al maestro Campana:

«È stato veduto da alcuni amici in quella città dove pare non stia male. Ha cominciato a frequentare laboratori e lezioni, ma nessuno può rendersi mallevadore della perseveranza in quegli studi. Occorre incoraggiarlo, distoglierlo dalle abitudini scioperate, fargli terminare gli studi. Potrà laurearsi nel luglio del 1914 e poi entrare in una farmacia, guadagnare qualche cosa...»

Dino Campana farmacista... Nella primavera del 1913 Genova «canta, ride, svaria ferrea la sinfonia feconda urgente al mare»; e lui subito dimentica la chimica e le ragioni del padre, si riconferma nel proposito d'essere «poeta e basta»; di voler «campare, anche magramente, con la poesia». Ma per far ciò ha bisogno d'essere stampato: e si rivolge alle riviste letterarie come il fumatore si rivolge alle tabaccherie o il viaggiatore alle ferrovie, senza suppliche né adulazioni né professioni di fede. Anzi gli invii dei versi e delle prose vengono accompagnati da lettere che dicono: «Il vostro giornale è monotono, molto monotono: l'immancabile Palazzeschi, il fatale Soffici». «Lacerba è un foglio riformatore! Infatti è il perfetto catalogo dei comandamenti dell'Anticristo» (a «Lacerba»). «Ho verificato che per fare qualche cosa di leggibile bisogna essere bastonati a sangue. Io farei volentieri altrettanto con quasi tutti gli scrittori della Voce» (alla «Voce»). L'atteggiamento di Dino nei confronti degli editori-scrittori e in generale di quelli che lui chiama i *parvenus* della letteratura è diretto e inequivocabile, in assoluto disprezzo delle regole del gioco letterario che sono proprio il trasformismo, il servilismo, l'adattamento all'ambiente. Per parte loro e dopo il primo sconcerto gli interessati reagiranno muovendo al «pazzo» una guerra che per almeno due di essi (Papini e Prezzolini) registrerà episodi di accanimento ancora molti anni dopo la sua morte, nel tentativo di annientarne la fama, di cancellarne la memoria...

A Genova, nella primavera del 1913, Dino si sente futurista. Sogna un giorno in cui possa risplendere, su «questo paese di falsi giovani» che è l'Italia, «un cielo nuovo, un cielo puro», «un cielo metallico ardente di vertigine», «un cielo dove | frati e poeti non abbiano fatto | la tana come i vermi». Martedí 6 maggio assiste all'arrivo della prima tappa (la Milano-Torino-Genova) del quinto Giro d'Italia; stretto pigiato tra la folla che s'accalca sulle due rive del Bisagno intravvede Girardengo, Canepari, Bordin, Pavesi, Ganna. Scrive una poesia (*Traguardo*) dedicata a Filippo Tomaso Marinetti e la spedisce a Milano alla sede del Movimento Futurista (Corso Venezia 61) con tre o quattro altri testi inediti e con una lettera d'accompagnamento in cui si parla d'un libro che è quasi pronto, che volentieri vedrebbe la luce con le Edizioni Futuriste di Poesia... Ma Marinetti, dirà poi Dino, «rifiutò chissà perché»; e qui dobbiamo fermarci per chiarire un altro episodio della «leggenda Campana», quello di Dino che vende i *Canti Orfici* ai clienti delle Giubbe Rosse però prima di consegnare il libro scruta la fisionomia del compratore, strappa qua e là alcune pagine... «Tanto, – gli dice, – tu queste non le capiresti».

Le pagine strappate... Tutti hanno visto Dino a strappar pagine: Papini, Soffici, Viviani, Binazzi, la signorina Rivola intervistata da Zavoli: venivano in treno fin da Marradi per assistere a quella vendita miracolosa! Però poi, quando si arriva al concreto, tutti senza eccezione hanno avuto copie sane e tutti fanno un nome soltanto: Marinetti. Dunque Marinetti è l'unico di cui si può dire in modo abbastanza attendibile che ricevette una copia dei *Canti Orfici* privata di alcune pagine. Quante? Secondo Papini «quasi tutte»; secondo Viviani, «alcune»; secondo un altro ancora, gli diede «solo la copertina»... In verità il gesto di Dino ha un'unica spiegazione: che lui, in un moto d'orgoglio, abbia voluto ricordare a Marinetti quel frettoloso e immotivato rifiuto. Che gli abbia detto, piú o meno: «Queste poesie che non le sono piaciute manoscritte non potrebbero piacerle nemmeno stampate. Tanto vale, dunque, ch'io le tolga».

All'Università Dino ci va soltanto per ascoltare le lezioni del professor Alfredo Galletti sulla cultura europea (e in particolare sulla poesia di Dante) come risultato dello scontro tra le due anime o «idee» in essa dominanti, l'«idea latina» e l'«idea germanica»... Ma dal Sestiere di Pré dove abita il suo itinerario consueto scende verso i portici e gli «scagni» di Sottoripa, verso gli scogli della Foce, verso la circonvallazione a mare. Un giorno inaspettatamente incontra Regolo. «La strada era deserta nel calore pomeridiano. Guardava con occhio abbarbagliato il mare. Quella faccia, l'occhio strabico! Si volse: ci riconoscemmo immediatamente. Ci abbracciammo. Come va? Come va? A braccetto lui voleva condurmi in campagna: poi io lo decisi invece a calare sulla riva del mare. Stesi sui ciottoli della spiaggia seguitavamo le nostre confidenze calmi. Era tornato d'America. Tutto pareva naturale ed atteso. Ancora il diavolo ci aveva riuniti: per quale perché? Cuori leggeri noi non pensammo a chiedercelo. Parlammo, parlammo, finché sentimmo chiaramente il rumore delle onde che si frangevano sui ciottoli della spiaggia. Alzammo la faccia alla luce cruda del sole. La superficie del mare era tutta abbagliante. Bisognava mangiare. Andiamo!»

Come a Pavia e a Bahia Blanca, anche a Genova nel 1913 Dino partecipa ai traffici dell'amico, probabilmente illegali (ricettazione? contrabbando?) I due s'aggirano di notte nella zona del porto, entrano nei locali scintillanti di luci, gremiti di marinai di ogni razza e nazionalità; s'ingolfano nel labirinto dei «vichi marini»; ridiscendono al mare. Cercano affari, avventure, amore. – Da Sottoripa a Ponte dei Mille la città-mercato dell'amore schiera le Madri-Prostitute contro l'«occhiuta devastazione» della notte: ed è essa stessa una femmina gigantesca, è «la Piovra delle notti mediterranee» che allunga vicoli e strade come tentacoli, dappertutto. Poi, gli eventi precipitano. Regolo s'ammala e scompare. La polizia perquisisce la stanza di Dino che deve anche subire un estenuante interrogatorio con la luce elettrica negli occhi: chi sono i complici di Regolo? Dov'è Regolo? Chi è lui, Dino Campana, e cosa è venuto a fare a Genova? («Non contar balle, biondino. All'Università nemmeno ti conoscono»). Da Marradi giungono lettere che chiedon conto degli esami: che ammoniscono in nome del denaro, della rispettabilità, della «mostruosa assurda ragione»... – Uno studente di Olbia che torna a casa per l'estate lo invita a trascorrere qualche giorno in Sardegna e Dino accetta, s'imbarca: vede l'isola della Maddalena, «la costa bianca di macigni», i monti di Aggius. Alcune immagini si fissano nel ricordo e torneranno nei testi; ma, complessivamente, il viaggio non ha storia. A fine luglio o ai primi d'agosto Dino è di nuovo a Marradi: costretto a riparare sui monti per sottrarsi all'entusiasmo della gente che ha ritrovato il suo «matto»... Come racconterà a Cecchi in quella lettera del 13 marzo 1916 che è l'estremo riassunto della sua vita, il testamento di un uomo su cui già calano le tenebre: «Allora fuggíi sui miei monti, sempre bestialmente perseguitato e insultato e scrissi in qualche mese i canti Orfici includendo cose già fatte. Dovevano essere la giustificazione della mia vita perché io ero fuori della legge, prima che *finissi* di morire *assassinato* colla complicità del governo, in barba lo *Statuto*. Venuto l'inverno andai a Firenze all'Acerba a trovare Papini che conoscevo di nome».

Le traversie di Campana coi letterati fiorentini iniziano nell'ottobre del 1913, dopo che lui ha riordinato e trascritto in bella copia «su carta da minestra» (Rosai) le poesie e le prose messe assieme nel corso di dieci anni, e solo ha lasciato in sospeso il titolo: che sulla sinistra del frontespizio è *Il piú lungo giorno*, mentre sulla destra è *E come puro spirito varca il ponte*. Senza un centesimo (il padre non gli dà piú soldi dal mese di giugno), a piedi, Dino arriva a Firenze avendo come unico bagaglio un sacchetto di tela iuta in cui tiene il manoscritto del libro e pochi effetti personali. La sua miseria è spaventosa. Cammina scalzo per risparmiare le scarpe che porta unite per i lacci a tracolla della spalla sinistra. Dorme all'asilo notturno; guadagna qualche centesimo facendo piccoli servizi da fattorino o da facchino. Tenta di offrirsi ai turisti per spiegargli Firenze nella loro lingua ma viene rifiutato a causa dell'aspetto. A mezzogiorno mangia alla «Società per il pane quotidiano»; alla sera s'arrangia cioè, generalmente, digiuna. Tramite Tommei o Tavolato chiede un appuntamento a Papini e lo incontra al Caffè Chinese presso la vecchia stazione ferroviaria. Papini arriva con un'ora di ritardo, gli fa un esamino di pochi minuti («Si capí che aveva girato molto per il mondo, piú per disperazione che per ricerca, e che conosceva abbastanza la moderna poesia francese»), prende il manoscritto che lui gli dà e accetta senza far storie di restituirlo il giorno dopo, da Vallecchi in via Nazionale: tanto, non ha mica intenzione di studiarselo... Di questo Dino

Campana gli interessa soltanto il personaggio, e lo dirà chiaro e tondo: «Noi, a quel tempo, si preferiva di gran lunga i pazzi ai sani sicché si fece buon viso a lui e alle sue tormentate prose».

Il giorno dopo – siamo ai primi di novembre – Papini restituisce il manoscritto dicendo a Dino, testualmente, «che non è tutto quello che si aspettava ma è molto molto bene» e invitandolo al quartier generale di «Lacerba» cioè al caffè Giubbe Rosse in piazza Vittorio Emanuele II, oggi piazza della Repubblica. Dino ci va due o tre volte e capisce di essere entrato in una corte dei miracoli dove tutti recitano una parte convenuta (la sua, tanto per cambiare, è quella del pazzo) e tutti attendono di pubblicare in «Lacerba», di diventare famosi come Papini e come Soffici. Per ingannare l'attesa vanno a teatro a fischiare le commedie dei «passatisti» o in via Masaccio, di notte, a tener sconce serenate sotto le finestre del senatore Mazzoni (che gli mobilita contro tutte le polizie di Firenze). S'atteggiano, matteggiano, si gerarchizzano, si preparano all'appuntamento con la gloria. Sono «il volgo letterato dei minorenni» che giocano alla letteratura: ma Dino dorme all'asilo notturno, non ha tempo né voglia di giocare. Torna alla carica con Papini e Papini gli dice sí, certamente, capisco, però prima di pubblicare i suoi testi devo sentire anche Soffici. «Mi riporti il suo manoscritto: lo farò leggere a Soffici».

Passano due settimane. A Firenze fa molto freddo (i giornali parlano di temperature al di sotto dello zero) e Dino ha indosso soltanto gli abiti da mezza stagione con cui è venuto ad ottobre. Una mattina, da Vallecchi, Soffici si vede comparire dinanzi un giovane con «gli occhi a terra e le mani rosse e gonfie di geloni pendule lungo i fianchi». Qualcuno lo avverte che quello strano visitatore è Dino Campana (anzi: suo cugino Dino Campana. Sebbene i due si vedano per la prima volta sanno benissimo entrambi di essere parenti in secondo grado. E conviene dunque spiegare, prima di procedere col racconto, che questo signor Ardengo Soffici – pittore, poeta, moralista e vice-Papini all'epoca di «Lacerba» – è poi anche con ogni probabilità l'inventore e il primo divulgatore della «leggenda Campana» tra i letterati di Firenze. È lui l'unico che sa che Dino è stato in manicomio, che ha dei problemi in famiglia; ed è a lui solo, non ad altri, che Dino si rivolge nei momenti di sconforto sperando di riceverne una parola di solidarietà. Per esempio nel 1915 gli scrive dalla Svizzera: «...lei conosce le mie condizioni di alternativa tra l'asilo notturno, l'ospedale ecc.». – Ma quando Soffici quarant'anni dopo pubblicherà quella lettera nel «Corriere d'Informazione» correggerà la frase compromettente, la farà diventare un omaggio alle sue esperienze di vita ed alla sua *bohème* giovanile: «...Ella conosce le alternative tra l'asilo notturno, l'ospedale ecc.»).

Sussiegoso e un po' imbarazzato, Soffici si nega all'inatteso visitatore («Sto lavorando, non vede?») e soltanto mezz'ora dopo, quando esce dalla casa editrice, gli concede l'onore di parlargli mentre cammina per strada, trotterellandogli a fianco. Risponde brevemente alle sue domande («No. Papini ancora non mi ha trasmesso i suoi versi. Li leggerò, ne stia certo») e intanto osserva che lui trema «come una foglia», che si soffia nelle mani «ridendo nervosamente tra una soffiata e l'altra». (Piú matto di cosí...) Ne scruta l'abbigliamento, di cui farà per i posteri questa minuta descrizione: «Privo di un qualsiasi soprabito che lo riparasse dal gran freddo di quella mattina, aveva in testa un cappelluccio che somigliava un pentolino, addosso una giubba di mezzalana color nocciuola, simile a quelle fatte in casa che portavano i contadini e i pecorai di mezzo secolo fa, i piedi diguazzanti in un paio di scarpe sdotte e scalcagnate, mentre intorno alle sue gambe ercoline sventolavano i gambuli di certi pantaloni troppo corti per lui e d'un tessuto incredibilmente leggero, giallastro, a fiorellini azzurri e rosei, uguale in tutto alle mussoline onde si servono i barbieri di paese per i loro accappatoi, e le massaie povere per le tendine delle finestre che dànno sulla strada».

In verità, Ardengo Soffici ha già avuto il manoscritto di Dino assieme a un pacco d'altre cose giunte per posta a «Lacerba»: ma sia lui che Papini hanno altro per il capo, in quest'ultimo scorcio del novembre 1913, che la lettura e la promozione della poesia di Campana. Stanno preparando la mostra dei pittori futuristi in via Cavour da Gonnelli; la serata con Marinetti al Teatro Verdi di Firenze; il libro-strenna di «Lacerba» che s'intitolerà *Almanacco purgativo*: per non citare che gli impegni maggiori. – Dino, che invece ha una sola speranza nella vita, s'intestardisce a restare cosí vestito com'è per vedere se Soffici lo legge. Nevica, e lui s'arruola tra gli spalatori del Comune, guadagna venti o trenta lire che gli permettono di resistere ancora qualche giorno. La sera del 30 di novembre paga mezza lira di biglietto per entrare all'esposizione futurista: vede Marinetti, Boccioni, Carrà; osserva i quadri appesi alle pareti ma soprattutto osserva Soffici, si sforza di avvicinarlo e di riuscire a parlargli. («Forse mi dice qualcosa»). Quando finalmente ci riesce, Soffici se ne libera presentandolo a Prezzolini in modo che Prezzolini capisca con chi ha a che fare. (Un mese dopo, da Marradi, Dino scriverà a Prezzolini: «Io sono quel tipo che le fui presentato dal signor Soffici all'esposizione futurista come uno spostato»). Prezzolini, con la sua proverbiale finezza, gli volta le spalle. Dino certamente è scoraggiato; ma dopo qualche giorno escogita un ultimo espediente per attirare l'attenzione di Soffici. Scriverà una poesia su un suo quadro che ha visto esposto da Gonnelli e che secondo il catalogo s'intitola «Tarantella dei pederasti». (Cosí, tanto per scandalizzare i borghesi). Una poesia futurista, ballabile su un passo di tango che lui personalmente mostrerà a Soffici: «Faccia, zig zag anatomico che oscura | La passione torva di una vecchia luna | Che guarda sospesa al soffitto | In una taverna café chantant | D'America: la rossa velocità | Di luci *funambola che tanga* | *Spagnola cinerina* | *Isterica in tango di luci si disfà*: | Che guarda nel café chantant | D'America: | Sul piano martellato tre | Fiammelle rosse si sono accese da sé».

Le parole che devono essere danzate sono quelle in caratteri corsivi: ma alle Giubbe Rosse Soffici non c'è e Dino non ha la mezza lira per andarlo a cercare all'esposizione. Quando finalmente lo trova, sabato 13 dicembre alla trattoria Buca del Lapi, Soffici è assieme a Marinetti e agli altri che dovranno esibirsi quella sera stessa sul palcoscenico del Verdi: Carrà, Boccioni, Cangiullo. I futuristi sono elegantissimi – abiti scuri, colletti rigidi, cravatte *papillon*, gemelli d'oro – e anche Soffici sfoggia un monocolo che incastra con disinvoltura nel sopracciglio sinistro, dice: «Che bella sorpresa. L'uomo dei boschi». «Qual buon vento?» I futuristi guardano Dino con perplessità ed anche con una certa ripugnanza per via della «pidocchiera», cioè della zazzera barba-capelli da artista ottocentesco. «Signoreiddio, – esclama Boccioni. – C'è ancora gente che va in giro con la pidocchiera». «La cercavo per darle una poesia che ho scritto sopra un suo quadro», dice Dino a Soffici: e va da sé che si sente a disagio per tutti quegli occhi fissi su di lui. «Se non è troppo disturbo gliela leggo ora». Tira fuori il foglio dalla tasca della giubba ma Soffici è lesto a prevenirlo: «No, per favore, Campana». «Vede che stiamo concertando lo spettacolo di stasera. Vada a comprare il biglietto, piuttosto». Carrà interviene: «Ehi, lei». «Uomo dei boschi». «Ce l'ha una pelle di capra?» Dino lo guarda sbalordito e lui si rivolge a Soffici, gli dice: «Se ci promette di venire a teatro vestito solo d'una pelle di capra noialtri gli procuriamo un biglietto *hommage*, non è vero Soffici?»

«Volevo anche chiederle notizia, – dice Dino senza piú badare a Carrà, – di quel poco di scritto mio che le ha dato Papini». Soffici ha un moto d'impazienza: «Quante volte glielo devo ripetere, Campana? Io non ho nulla. S'informi». «Se lei ha dato le sue poesie a Papini le avrà Papini, che diamine!» Butta il tovagliolo sul tavolo. Si rivolge a Marinetti, gli spiega: «Da quando s'esce con la "Lacerba" nemmeno a tavola si sta in pace...»

Infreddolito e affamato Dino ritorna a Marradi; e s'è ormai quasi convinto che il manoscritto del suo libro è rimasto in mano di Papini. Il 23 dicembre 1913 manda a Papini un biglietto con gli auguri per l'anno nuovo; si firma «uomo dei boschi» e in quanto tale chiede di essere ricordato «a Carrà e Soffici». È un estremo, patetico tentativo di avere rapporti amichevoli; ma già Dino si rende conto di essere stato messo al bando da quella società letteraria di cui non ha rispettato le regole e pensa di aggirare l'ostacolo rivolgendosi direttamente agli editori: a Vallecchi, a Zanichelli, a Treves, a Rinfreschi... Qualcuno – forse Francini – gli consiglia di mandare testi dattiloscritti («Altrimenti, – gli dice, – li cestinano senza nemmeno leggerli»); ma a Marradi l'unica macchina per scrivere è quella del Comune. Che fare? Dino interpella lo zio Torquato che parla della cosa col sindaco. «Va bene, – dice l'ingegner Mughini. – Nella settimana tra Natale e Capodanno in Comune c'è poco da fare. Venga uno di quei giorni». Subito si sparge per il paese la notizia che «il matto» è diventato futurista e vuole scrivere le poesie a macchina per tenersi al passo con i tempi. «Userà la macchina del Comune». «Il signor sindaco gli ha dato il permesso». Si attendono chissà quali sviluppi dall'incursione del «matto» nella roccaforte dei suoi persecutori cioè del segretario comunale Bucivini Capecchi, dell'assessore Ceroni... (Ma l'ingegner Mughini ha già parlato a tutt'e due, gli ha detto: «Non voglio storie. Siamo intesi?»). Un giorno di fine d'anno 1913 Dino entra in municipio senza salutare nessuno, va a sedersi vicino al dattilografo e gli dice: «Scrivi». Il dattilografo commette ogni sorta di errori e anche Dino per parte sua si dimentica di fargli usare la carta copiativa, sicché si rende necessaria una seconda seduta nei primi giorni del 1914. (Su questo modestissimo episodio si basa un intero capitolo della «leggenda Campana», quello relativo alla riscrittura del manoscritto «smarrito» da Soffici. Tale riscrittura – secondo il Bucivini Capecchi e secondo la leggenda marradese – si compie tutta in municipio e intralcia per mesi il normale disbrigo delle pratiche amministrative. Dino scorrazza per gli uffici terrorizzando gli impiegati e soprattutto tiranneggiando quell'essere ambiguo, addetto alla macchina da scrivere, di cui il nominato Bucivini dirà al Gerola ch'era donna e poi allo Zavoli che era uomo. La conclusione della leggenda, a suo modo suggestiva, è questa: i *Canti Orfici* sono nati dattiloscritti nella sede civica di Marradi e sono il prodotto della rude ma fattiva collaborazione tra gli amministratori locali e il poeta. Peccato che a smentire il Bucivini Capecchi ci sia il biglietto d'accompagnamento con cui nel maggio di quello stesso anno Dino spedisce all'amico Bandini il testo pronto per la stampa, gli dice: «Ti mando il manoscritto che spero sarà comprensibile»).

I «saggi» dattiloscritti della poesia di Campana partono dall'ufficio postale di Marradi il 6 gennaio 1914 in plichi raccomandati diretti agli editori Vallecchi di Firenze, Zanichelli di Bologna, Treves di Milano e Rinfreschi di Piacenza. La lettera acclusa, uguale per tutti, dice: «Egregio signor Vallecchi (Zanichelli, Treves, Rinfreschi). Mi rivolgo a lei colla speranza che vorrà interessarsi al mio caso. Ci ho tante novelle e poesie da farne un libro e se lei volesse incaricarsi della stampa oserei sperare in un discreto esito. Denari non ce n'ho ma le garantirei lo smercio immediato di una cinquantina di copie. Egregio signor Vallecchi (Zanichelli, Treves, Rinfreschi), voglia aiutarmi. Con ossequio, a lei dev.mo Dino Campana».

Nei primi giorni del 1914 Dino progetta di partire, appena l'inverno si farà meno crudo; di andare a lavorare in Svizzera e di guadagnarsi cosí i soldi necessari alla stampa del libro, se non salterà fuori un editore. L'idea gli è stata suggerita dal cavalier Augusto Bandini presidente della Società Operaia di Marradi e padre di quel Luigi Bandini («Gigino») che è il suo amico piú caro e piú devoto. «C'è qui a Marradi il Ravagli che è un buon tipografo, – gli dice il cavalier Bandini, – ed è anche un nostro associato. Ti farà condizioni favorevoli». Il giorno 4 febbraio Dino spedisce un biglietto a Papini e Soffici chiedendogli con cortesia ma anche con fermezza di «lasciare i manoscritti miei che ho consegnato a loro presso l'amministrazione di Lacerba. Un uomo da me incaricato passerà a ritirarli». Prepara la valigia e parte. In tasca ha una lettera di presentazione della Società Operaia di Marradi per l'Unione Latina di Berna: con quella attraverserà il confine. All'Ospizio di Domodossola legge l'epigrafe dettata dal Pascoli nel 1906 per la visita di Margherita di Savoia: «Narri questa pietra – ai migratori italiani nel lor passaggio – che il XXX ottobre 1906 – qui venne col Vescovo Santo e il popolo concorde – una Donna Augusta – venne visibilmente al confine la Patria – piangendo su le vostre pene benedicendo all'opera vostra – io ho un grande passato e un grande avvenire – tra quello e questo ho voi lavoratori – con voi io venga e torni con voi». La mattina dopo di buon'ora s'incammina a piedi verso la Svizzera; sale per una valle (la Val Divedro) irta di «torri d'acciaio» cioè di tralicci che portano i cavi dell'energia elettrica dalle centrali alpine verso la pianura padana. A Iselle vede l'imbocco della galleria del Sempione, la piú lunga del mondo, e pensa con reverenza a quell'Italia silenziosa e tenace che «s'è fatta a forzare la pietra». Intruppato con altri emigranti (molti di loro hanno in spalla come unico passaporto il badile) varca il confine svizzero e ancora sale, col suo passo lento e cadenzato di montanaro, fino ai duemila metri del Sempione; da lí ridiscende verso Briga. – A Berna, nei mesi successivi, un po' fa il manovale e il facchino («qua detestano come una mostruosità un italiano che non è un ilota») e un po' finisce di riscrivere il libro, modificandone la struttura e aggiungendo testi completamente nuovi a quelli recuperati dagli appunti del primo manoscritto. L'idea del titolo, *Canti Orfici*, gli viene leggendo una pubblicazione dello Schuré, *L'évolution divine du Sphinx au Christ*. A maggio finisce in prigione per un fatto certamente non grave, che non lascia tracce né nell'archivio del consolato italiano né in quello della polizia cantonale. «Avevo leticato con uno svizzero, – dirà poi Dino a Pariani: – delle contusioni. Non fui condannato. Avevo un parente, mi raccomandò». Il parente è lo zio Francesco Campana che nel frattempo è stato trasferito da Firenze a Pisa e promosso a capo della Procura di quel Tribunale. Le cause del litigio non si conoscono e forse sono assolutamente banali: una spinta, un insulto. Chissà. Dino, stando in manicomio, escluderà ogni rapporto tra l'incidente del 1914 e l'immagine che c'è in una sua prosa, di «una signora» che a Berna si innamora del «bello straniero». («Sono tutte fantasie». «Se mai quella figura va attribuita a Ginevra»). Due fatti soli sono certi. Il primo è che dopo l'arresto Dino si sente «disperato e sperso per il mondo» e spedisce all'amico Bandini il manoscritto dei *Canti Orfici* perché non vada nuovamente smarrito. («Esso testimonia qualche cosa in mio favore, forse testimonia che io non ho meritato la mia sorte»). Il secondo è che, pochi giorni dopo l'arrivo del plico in casa Bandini, Dino ricompare a Marradi: senza un centesimo in tasca ma piú che mai determinato a pubblicare i *Canti Orfici* in barba a tutti gli editori e ai letterati fiorentini... «Ho bisogno di essere stampato: per provarmi che esisto, per scrivere ancora ho bisogno di essere stampato». «Non sono ambizioso, ma penso che dopo essere stato sbattuto per il mondo, dopo essermi fatto lacerare dalla vita, la mia parola che nonostante sale ha il diritto di essere ascoltata».

Per la stampa dei *Canti Orfici* il tipografo Bruno Ravagli (da non confondersi con il biografo Federico e con l'erudito Francesco) chiede seicentocinquanta lire, di cui duecento anticipate a copertura delle spese. Il cavalier Bandini apre una sottoscrizione tra i membri della Società Operaia: quaranta copie del libro vengono prenotate dai lavoratori marradesi e pagate a «Gigino». («A me, – gli dice il poeta, – nessuno dei tuoi compaesani affiderebbe un centesimo. Occupatene tu»). Per parte sua Dino è convinto di poter raccogliere cinquanta o sessanta prenotazioni tra gli studenti bolognesi e tra gli artisti fiorentini. Arriverà invece a raccoglierne quattro, correndo da un capo all'altro delle due città e sopportando mortificazioni d'ogni genere, soprattutto a Firenze: dove s'è sparsa la voce che lui è a caccia di quattrini e tutti scappano, scantonano, fingono di non essere in casa o se proprio non riescono a evitarlo prevengono le sue richieste raccontandogli storie penosissime, di miserie e di debiti. Amareggiato, deluso, Dino si sfoga col Bandini («Tra ripulse di editori e presunti tradimenti di amici – comunque vera era almeno l'indifferenza – smaniava, inferociva»). Infine cede, riconosce che duecento lire sono troppe per arrivare a raccoglierle vendendo un libro non ancora stampato: ma, senza le duecento lire, il libro non si stamperà mai... «La vita è un circolo vizioso». «Gigino», che assiste al suo sconforto, parla col padre: non si può finire d'aiutarlo? Il cavalier Bandini va dal tipografo Ravagli, gli dà dei soldi (cento lire?) di tasca propria e in segreto; e cosí finalmente il giorno 7 giugno 1914, alla presenza dei testimoni Fabroni Camillo e Bandini Luigi, si arriva a stipulare l'accordo per cui il signor Bruno Ravagli stamperà il libro *Canti Orfici* del signor Dino Campana in mille copie «entro il mese di luglio p.v.» e lo metterà in vendita «al prezzo di lire due e cinquanta il volume». Venti copie – dice il contratto – andranno di diritto all'autore; il resto della tiratura resterà giacente in tipografia finché Ravagli non si sia risarcito di ciò che gli spetta «mediante la vendita».

A fine giugno si correggono le bozze. A luglio il libro va in stampa, ed è a questo punto che la «leggenda Campana» una volta tanto s'accosta alla verità nel descriverci il povero Ravagli alle prese con i ripensamenti di Dino, che lo costringe a rifare fogli già pronti e piegati per essere consegnati al legatore. (Alla fine il libro risulterà composto di tre diverse qualità di carta). Che quando tutto è finito, ancora gli fa togliere l'indice per sostituirlo con una frase inglese (*They were all torn and cover'd with the boy's blood*) d'incerto significato: che vuol dire il «sangue del fanciullo»? Chi è il fanciullo in questione? – Che alla sera litiga con i notabili del Comune e del Circolo e poi, la mattina dopo, corre in tipografia ad aggiungere frasi in tedesco sulla copertina, dediche «a Guglielmo II»...

Per capire «la tragedia degli ultimi germani in Italia» (*Die Tragödie des letzten Germanen in Italien*) nel sottotitolo dei *Canti Orfici* e la dedica all'imperatore Guglielmo II bisogna tener conto di alcuni fatti che accadono in Europa mentre Ravagli stampa il libro di Campana e della loro ripercussione a Marradi: dove c'è, dal 1910, un sindaco di idee dannunziane (nel giugno del 1912 l'amministrazione marradese ha fatto notizia per una somma stanziata «a favore della flotta aerea italiana») e dove la società dei notabili è tutta schierata su posizioni di acceso nazionalismo che presto diventerà interventismo. I fatti in questione sono: l'eccidio di Sarajevo (28 giugno 1914), in cui trova morte l'arciduca Francesco Ferdinando erede al trono d'Austria; la campagna antiaustriaca e antitedesca che si sta facendo in Italia; la crescita della tensione internazionale che porterà, a fine luglio, alla prima dichiarazione di guerra (dell'Austria contro la Serbia), cui via via faranno seguito le altre. (Della Germania alla Russia; della Germania alla Francia; dell'Inghilterra alla Germania eccetera). Al Circolo Marradese e nei caffè di piazza Scalelle non si parla d'altro. «Tedescofobi, francofili, massoni e gesuiti, dicevan tutti e sempre le stesse cose: e il *Kaiser* assassino, e le mani dei bimbi tagliate, e la sorella latina, e la guerra antimilitarista». Una sera che i compaesani lo scherniscono Dino comincia a inveire contro la «canaglia di Marradi» anzi contro la «canaglia italiana, che – dice, – dovrà essere schiacciata con qualunque mezzo». In piedi al centro della piazza gli grida: «Sputo su di voi – ed effettivamente fa il gesto di sputare, – sul vostro Dio, sulle vostre donne, sui vostri bambini, sulle vostre leggi». «Voglio rinunciare alla nazionalità italiana». «Voglio arruolarmi per il *Kaiser*».

Cosí, in seguito ad una scenata, nasce l'idea della dedica «a Guglielmo II imperatore dei germani»: che il socialista Ravagli accetta di stampare perché in fondo la trova divertente... Ma il significato ultimo del sottotitolo e dell'epigrafe inglese (la cui traduzione suonerebbe: «Essi erano tutti stracciati e ricoperti del sangue del fanciullo») si trovano nella lettera-testamento del marzo 1916 a Emilio Cecchi, già citata. «Se vivo o morto lei si occuperà ancora di me, – scrive il poeta, – la prego di non dimenticare le ultime parole *They were all torn and cover'd with the boy's blood* che sono le uniche importanti del libro». «Ora io dissi *die Tragödie des letzten Germanen in Italien* mostrando di aver nel libro conservato la purezza morale del Germano (ideale non reale) preso come rappresentante del tipo morale superiore (Dante Leopardi Segantini)».

Mentre iniziano i massacri nei Balcani e nella valle del Reno Dino spedisce il suo libro ai grandi della letteratura: a Benedetto Croce, a Giovanni Verga, a Ferdinando Martini, a Ugo Ojetti, a Giuseppe Prezzolini... Verga risponde con «un laconico biglietto»; gli altri tacciono, e il loro silenzio sarà motivo, per l'autore, di sempiterno anatema. Tra i destinatari di una copia omaggio dei *Canti* ci sono anche Giovanni Papini e Ardengo Soffici: che poi, per chissà quale motivo, dirà di averla comprata «da un libraio di via dei Martelli». Da nove mesi Soffici ha il manoscritto di Dino nell'armadio, eppure la lettura dei *Canti* è per lui un'assoluta novità. Come dirà nei *Ricordi*: «Lessi il libro da cima a fondo, riportandone l'impressione di un'aperta luce solare, saturandomi della sua forte dolcezza, comparabile a quella di un frutto maturo, profumato, squisito. Ancora sotto l'influsso di tanta felicità poetica scrissi, senza por tempo in mezzo, una bella lettera a Campana, dove gli esprimevo il mio sentimento e la mia gratitudine e gliela mandai a Marradi».

Ai primi di settembre del 1914 Dino ricompare a Firenze vestito meglio che in passato e determinato a vivere con i ricavi della vendita del libro come qualsiasi altro artista vive vendendo ciò che fa: musiche, quadri, spettacoli... Per favorire il commercio recita la parte che s'è scelto, di «fanciullo» (*boy*) e di «poeta germanico». Compie improvvise incursioni nella terza sala delle Giubbe Rosse, dove il volgo letterato dei minorenni mestamente commenta i successi militari tedeschi; «col viso rosso e gli azzurri occhi scintillanti» celebra «la bellezza e la gioia dell'ulano che entra per primo a cavallo in una città francese» (Soffici). Poi torna fuori. Sulla piazza offre «il suo articolo» in vendita alla gente seduta ai tavolini: contratta il prezzo, illustra i contenuti. Tiene alta la sua fama di «matto»: ma questo periodo di calcolate stravaganze è forse il piú saggio della vita di Dino, l'unico in cui lui gode di un certo rispetto ed anche di una certa considerazione. Papini e Soffici cercano di addomesticarlo: gli pubblicano alcuni testi in «Lacerba», accompagnandoli con una nota redazionale non priva di ambiguità («Questi tre pezzi di minerale poetico son tolti da un libro di *Canti Orfici* che esce ora e di cui parleremo»); gli fan conoscere Marinetti – a cui Dino vende una copia dei *Canti* priva di tre o quattro pagine – ed altri illustri di passaggio senza piú presentarlo «come uno squilibrato». In particolare Papini sembra desideroso di ingraziarselo. Gli dà da tradurre *The Problems of Philosophy* di Bertrand Russell per l'editore Carabba e gli anticipa una parte del compenso; lo invita a cena, una sera: e cosí scopre un aspetto assolutamente inedito del carattere di Dino, che è troppo «primitivo» o forse troppo timido per sedersi a mangiare in casa d'altri. «Arrivava tardissimo, quando già s'era lasciato la tavola, e non voleva accettar nulla... Diceva che s'era ricordato troppo tardi dell'invito e ch'era venuto soltanto per ringraziare» (Papini). «Aveva accettato, dopo molte riluttanze, di restare a cena in casa nostra, insieme a Giannotto Bastianelli; ma si era seduto a tavola di traverso, in posizione e in funzione di spettatore, anziché di commensale, perché, di natura selvatica, non riusciva a mangiare e bere in casa altrui» (Leonetta Cecchi Pieraccini).

Nell'inverno del 1914 la «leggenda Campana» registra un nuovo episodio: quello del poeta che tutt'a un tratto smette di essere «germanico» e cancella dal suo libro dediche e sottotitoli, «chiuso in un retrobottega del libraio Gonnelli». «Per giorni e giorni, – dirà Soffici, – armato di temperino e di gomma, grattò, tagliò, rimpeciottò: la carta si sfondava sul piú bello, le strisce ingommate sui malaugurati caratteri deturpavano la copertina; ma tant'è: Campana non ebbe pace se non quando fu cancellata ogni cosa».

A parte l'enfasi del racconto, il fatto è vero e motivato da una ragione che Soffici tace ma di cui certamente fu a conoscenza cioè da una visita della polizia alla libreria Gonnelli. – Una mattina di dicembre due poliziotti in divisa entrano nel negozio di via Cavour e parlano con lo scrittore-libraio Ugo Tommei, chiedono una copia del volume intitolato *Canti Orfici* che c'è in vetrina, lo sfogliano e ne trascrivono alcune frasi: il sottotitolo tedesco, la dedica a Guglielmo II imperatore dei germani, l'epigrafe inglese dell'ultima pagina. Sempre per mezzo di Tommei i poliziotti «assumono» le informazioni sull'autore: da dove viene, dove abita, come si sostenta, chi frequenta... Tommei gli dice ciò che sa e non dà troppo peso alla cosa; anzi si stupisce della reazione di Dino che, quando gli riferiscono l'episodio, appare letteralmente sconvolto. Si mette a ridere: «E calmati». «Cosa vuoi mai che succeda. Non hai mica commesso un omicidio». Dino Campana, furibondo, lo accusa d'essere stato lui a denunciarlo alla polizia; d'essere

– assieme a Papini, a Prezzolini e agli altri della «Voce» – l'istigatore e il mandante di tutte le persecuzioni poliziesche che lui è costretto a subire. Dà in escandescenze per strada (il racconto è in Soffici): inveisce contro due guardie, prende per il collo un «vociano»... Il giorno dopo, di buon'ora, s'apparta nel retrobottega di Gonnelli e sistema le copie dei *Canti* che sono lí in libreria: gli toglie la pagina con la dedica e sulla «tragedia degli ultimi germani» incolla una strisciolina di carta adesiva. Poi parte. Va a Pisa dallo zio Francesco che gli consiglia di levare la prima pagina a tutte le copie del libro perché – dice – «nessuno può prevedere ciò che succederà nei prossimi mesi». («E se l'Italia, come pare ormai probabile, dovesse entrare in guerra contro la Germania?»). Nei primi giorni del 1915 s'imbarca per la Sardegna: ha qualche lira in tasca e vuole andare a vendere il libro agli amici che vivono laggiú. Ma gli amici non si trovano, la Sardegna è un paese «arido e scoraggiante» e le lire si dissolvono in fretta. A fine gennaio è a Torino. Vende qualche copia dei *Canti Orfici* ai redattori della «Gazzetta del Popolo», dov'è impiegato Francini, e per piú di un mese fa lo «strillone» di quello stesso giornale: ne grida i titoli di testa («Offensiva d'inverno nello Champagne!» «Manifestazioni a Milano per l'intervento dell'Italia!») sotto i portici di via Po, di piazza Castello, di via Roma. È allegro e scrive a Papini che vuol finire la traduzione di Russell iniziata a Firenze; manda saluti «agli amici della Voce, Gonnelli e Tommei. Per nessuno ho rancore, di tutti conservo buon ricordo». A metà marzo va in Svizzera con una lettera di presentazione della Società Operaia di Marradi per il Comitato delle Società Italiane di Ginevra. Ma la Svizzera è piena di imboscati di tutte le nazionalità e le offerte di lavoro scarseggiano. Tra una prestazione d'opera e quella successiva Dino ha modo d'impratichirsi degli Enti per l'assistenza degli italiani all'estero: «La Dante Alighieri mi manda a mangiare la zuppa quotidiana dell'Opera Bonomelli». Vende una copia dei *Canti Orfici* a un tedesco dai modi circospetti che dopo qualche giorno

ritorna assieme a un altro tedesco: «Foi ultimo di ghermani in Italien?» Dino lo guarda perplesso e quello gli spiega che Sua Altezza Imperiale Guglielmo II, il *Kaiser*, non è insensibile alla tragedia degli ultimi germani in Italia: che anzi vorrebbe aiutarli, in cambio di piccoli servizi... Tira fuori un grosso portafogli: «Io dare soldi *im foràus*. Come dire italiano? Anticipo». Dino lo scaccia: «Va' via».
– Lavora ancora come manovale e il 6 maggio riceve il benservito: «*Nous avons occupé Dino Campana et avons été très satisfaits de son travail*». Il 12 maggio, a Ginevra, ha un'avventura con «una svizzera segantiniana» conosciuta «in un caffè con fanciulle, organetti, specchi, buone ragazze, conterie, cioccolato e cattivo gusto cosí dolce proprio della Svizzera». È la prima volta che due ore con una donna gli costano soltanto «10 minuti di discorsi e una lira d'affitto della stanza» e lui perciò si dichiara «commosso della semplicità della vita e dell'amore». Il 15 maggio, di sera, nel *buffet* della stazione ferroviaria di Domodossola scrive di getto la prima versione del «Canto proletario italo-francese» con immagini dell'anno precedente – il paesaggio della Val Divedro, il tunnel del Sempione, la fila dei braccianti col badile in spalla – e piú recenti suggestioni di guerra, su un ritmo che a tratti assume una cadenza di marcia militare: «Cara Italia che t'importa | Ti sei fatta a forzare la pietra | Prendi coraggio questa volta | che la porta ti si aprirà».

Dino ritorna a Marradi perché in Svizzera non ha di che vivere e perché dall'ingresso in guerra dell'Italia, che ormai tutti considerano imminente, si attende il miracolo di riacquistare i diritti civili e di ritornare «normale». Vuole arruolarsi, andare al fronte. Il 24 maggio 1915 l'Italia dichiara guerra all'Impero Austro-Ungarico e lui si presenta con la sua cesta di vimini alla sede del distretto militare, passa la visita, veste la divisa... Quando si scopre che i documenti lo dichiarano matto viene scacciato in malo modo; ma intanto la notizia che «il matto» è andato volontario ha fatto il giro di Marradi ed ha causato imbarazzo a quegli eroi della vigilia che ora, al momento di arruolarsi, si ricordano di avere responsabilità familiari, acciacchi. Naturalmente l'imbarazzo finisce appena Dino ricompare in paese; anzi succedono cose tali – sterchi al portone e serenate di pernacchie – che «Fanny» di sua iniziativa infrange il divieto del marito e dà venticinque lire al figlio, pur che si tolga dai piedi: «Vai a Premilcuore dagli zii». – A luglio, Dino sta male: ha emicranie notturne e forme intermittenti di delirio. Vuole fuggire lontano dalle «belve clericali» del suo paese, andare in Francia: perché gli si nega il passaporto? Si crede vittima di un complotto ordito dal Bucivini Capecchi, dall'assessore Ceroni, dai soci del Circolo Marradese e scrive a Papini, a Soffici, a Prezzolini: possono raccomandarlo, aiutarlo ad ottenere un passaporto per la Francia? Siccome quelli non rispondono ne deduce che anche loro fanno parte del complotto. (Come Gonnelli, Tommei e gli scrittori della «Voce»: non l'hanno già denunciato alla polizia per la dedica dei *Canti Orfici*? Non gli hanno «sequestrato» il manoscritto per impedirgli di stamparlo?) Ha accessi di febbre e dolori persistenti al fegato, alla milza, ai reni: il medico parla di nefrite. A fine agosto sta meglio e parte per Torino, vuole raggiungere gli amici della «Gazzetta del Popolo» che sono in ferie a Rubiana in Val di Susa: ma non ha fatto i conti con la guerra, con i posti di blocco nelle stazioni ferroviarie, con la ricerca maniacale dei disertori, delle spie... I carabinieri lo fermano alla stazione di Torino e lui, per provargli la sua identità, gli mostra il libro dei *Canti*; gli fa vedere due articoli, di un tal Binazzi sul «Mattino» e di un tale De Robertis su «La Voce»: «Parlan di me. Sono io». Viene messo in camera di sicurezza e rispedito a Marradi dove il maresciallo Senzanome manda a chiamare Torquato Campana per rammentargli la responsabilità che s'è assunto come tutore di un «demente». «Sono tempi difficili», gli dice. «Le retrovie pullulano di sbandati e chi non è in condizione di dimostrare la sua identità non deve muoversi: ha inteso?» Ma Dino scappa a Firenze, ci resta due settimane vendendo qualche copia dei *Canti Orfici* e mangiando la minestra della «Società per il pane quotidiano». Finché una mattina si ritrova come Regolo a Genova, «paralizzato dalla parte destra, l'occhio strabico fisso sul fenomeno». Il braccio destro è completamente inerte e anche il piede si solleva a fatica, anche la gamba è pesante. Annaspando per strade e strade, appoggiandosi ai lampioni e ai muri, Dino raggiunge l'ospedale: ma non ha soldi per pagare il ricovero e il medico di guardia, senza neppure visitarlo, gli dice che il suo male non è poi così grave da impedirgli di ritornare a casa. Dove risiede? «A Marradi». Ecco, suggerisce il medico: lí c'è perfino un ospedale. Cosa vuole di piú dalla vita? «Torni a Marradi e si curi». «Presto anche la sua classe verrà richiamata, anche lei dovrà partire per il fronte».

La tragedia dell'«ultimo dei germani» è ormai vicina al suo epilogo. Tra la fine di ottobre e la prima metà di dicembre Dino Campana trascorre 40-45 giorni all'ospedale di Marradi, ufficialmente in cura per nefrite. Della terapia che gli viene praticata non si sa nulla: ma i ripetuti e violenti accessi febbrili, i deliri contro i compaesani «assassini» che vengono «a fischiare sotto le finestre» o contro i medici che vogliono «fregarlo» («Io non ho la nefrite, – grida Dino, – Io ho la congestione cerebrale!») potrebbero far pensare a quella malarioterapia che all'inizio del secolo è la cura piú praticata delle infezioni luetiche. Non è da escludere, insomma, che i sanitari di Marradi effettivamente riconoscano e curino per sifilide la malattia del «figlio del direttore delle scuole». (Da un anno, cioè da quando ha dovuto abbandonare il posto «per raggiunti limiti di età», il maestro Giovanni Campana è direttore didattico «incaricato» delle scuole di Lastra a Signa a pochi chilometri da Firenze). Ma questa diagnosi, seppur c'è, viene tenuta nascosta e soltanto comunicata all'anziano genitore in gran segreto e con molte attenuanti, perché non debba vergognarsi piú del necessario. («Cosa vuol farci... Son giovani». «Gli piace andare per le spicce e poi a noi ci tocca di curarli». «Sapesse quante se ne vedono...»).

A metà dicembre Dino esce d'ospedale, smagrito e un po' zoppicante. L'occhio destro è rimasto fisso, come risulta dal ritratto di Costetti e dalla fotografia scattata a Castel Pulci nel 1928. I capelli si sono diradati. L'intelligenza è lucida ma intermittente, con momenti di delirio e idee ossessive: le «belve clericali» di Marradi, il passaporto negato, il manoscritto «sequestrato», gli scrittori fiorentini «stracciati e ricoperti del sangue del fanciullo»... Vuole curarsi a suo modo («Ora mi rimetto da me») per essere in grado, «allo sgelo», di tornare in Svizzera a piedi. («Allo sgelo sarò in grado di scavalcare le Alpi Svizzere se sarà necessario»). Compra un barattolo di sanguisughe e se le attacca alle tempie per alleviare la «congestione cerebrale» nelle ore notturne, quando il mal di testa si fa atroce: «Ora finalmente dopo due mesi d'ospedale ho dovuto attaccarmi le sanguisughe da me, ultimo avanzo dei barbari in Italia».

Il sopruso del manoscritto, richiesto pro-forma da Papini e mai letto né restituito ritorna al centro dei pensieri di Dino come ricordo di un'offesa intollerabile e come emblema di una pratica letteraria che è solo «machiavellismo», «tecnica cerebrale», «rospi, serponi e domatore», «industria del cadavere», «frasaismo borghese». Di una pratica letteraria che è «negazione di Dio ossia negazione dell'arte». Il 5 gennaio 1916, da Marradi, Dino richiede il manoscritto a Ardengo Soffici (che è al fronte): «Le scrivo perché mi mandi il famoso manoscritto che mai poi mai le perdonerò di avermi sequestrato. Finga un momento di essere francese e si accorgerà dell'enormità della cosa». Il 23 gennaio 1916, non avendo ricevuto risposta, scrive a Papini: «Se dentro una settimana non avrò ricevuto il manoscritto e le altre carte che vi consegnai tre anni or sono verrò a Firenze con un buon coltello e mi farò giustizia dovunque vi troverò». (Papini legge, trasecola. «Allora è vero, che è matto!» Risponde dandogli del pazzo e minacciando di consegnare la lettera alla polizia se sarà ancora molestato). A febbraio Dino è a Bologna: trova Binazzi, Ravegnani ed altri. Il pensiero del manoscritto lo segue ovunque. Da Marradi, a marzo, scrive a Cecchi la lettera-testamento con la storia della sua vita. Vuole sfidare Soffici a duello. Cecchi risponde gentilmente: «L'ho sentita soffrire di certe cose che francamente non valgono la pena». Ma Dino non intende ragioni. Corre a Firenze, si aggira per strade e piazze stranamente silenziose, senza turisti, senza giovani. I manifesti incollati sui muri esortano a non parlare con gli sconosciuti e a denunciare le persone sospette. Esaltano lo sforzo della Patria. – Alle Giubbe Rosse c'è soltanto Raffaello Franchi, un poeta diciassettenne ch'è già stato stampato da Gonnelli. Dino gli vende una copia dei *Canti Orfici* e si accompagna con lui per qualche centinaio di metri. Tiene discorsi concitati contro Papini e contro Soffici, che accusa d'essere i corruttori dell'arte e del costume nazionali. Promette che farà giustizia; anche se, dice, la mala pianta ha radici che affondano fino al Rinascimento e a Machiavelli, e s'è ramificata per tutta la cultura europea, soprattutto francese. La sua requisitoria si conclude «oltre il Ponte Vecchio, dove sotto la statua ignuda d'uno sconosciuto scultore toscano un antico sarcofago armato di mascheroni posticci disimpegna la sua funzione di vasca». È lí che, stando alle memorie di Franchi, «Campana scoppiò in una amara invettiva contro Machiavelli e Rimbaud, traviatori dei giovani, distruttori di ogni sana tradizione». «Ci fermammo ai piedi del sarcofago camuffato. Le predizioni di Campana erano sinistre come l'annuncio di una strage, ed erano insieme oscure nel tentativo di spicciolarsi in termini logici, oscure e affollate... All'intorno, le pacifiche botteghe non si commuovevano. Il droghiere, il farmacista, l'ortolano, s'affaccendavano questo intorno ad una cesta di bella frutta, gli altri ai banchi, in prospettiva, dietro le parole di smalto incollate sui cristalli delle porte. Una monotonia invincibile sorretta dai profili armoniosi dei palazzi faceva blocco nel tempo e nello spazio tanto che nemmeno si capiva da che parte né per via di qual tradimento potesse disvolgersi la storia. Noi due soltanto, contrastando con l'ora imminente della colazione il tono del nostro discorrere, sembravamo incrinare la realtà circostante in una originale astrazione di tempo e di spazio. L'addio fu brusco, inconcludente, gravido di rimorso».

Una mattina d'aprile Dino irrompe nella libreria della «Voce»: cerca Papini, che non c'è. Trova il «lordo cafone» De Robertis e lo accusa di essere «complice di delinquenti». Poi corre in via Colletta dove il suo «capitale nemico» s'è comprato da poco un appartamento; spinge da parte la domestica che è venuta ad aprirgli e a metà corridoio s'imbatte nella figlia maggiore di Papini, Viola. «Dov'è lo studio di tuo padre?» La bambina indica una porta e lui la apre, s'affaccia. Guarda gli scaffali gremiti di libri, i manoscritti e i giornali disposti in bell'ordine sulla scrivania e naturalmente dovrebbe entrare a buttare tutto per aria ma la determinazione è venuta meno, ormai, l'eccitazione è passata. Si volta, dice: «Tornerò». Sparisce giú per le scale.

Va a Lastra a Signa dal padre e ci resta per piú di un mese senza un centesimo. («Sono arrestato a Signa per mancanza di mezzi»). Scrive ad amici e conoscenti chiedendo che lo aiutino a trovare «una piccola occupazione», un'occupazione «anche meccanica» per guadagnare qualcosa; un lavoro come traduttore o come casellante delle ferrovie. («Vorrei costudire la Genova-Voghera»). Di notte grida, dà in smanie. Nonostante la malarioterapia è ben lontano dall'essere guarito: la gamba destra è «molto piú pesante dell'altra», le cefalee si ripresentano ogni notte, le idee ossessive lo perseguitano. Vedendolo seriamente malato il maestro Giovanni Campana gli dà una piccola somma perché vada «in convalescenza» al mare, a Antignano presso Livorno, dalla pittrice marradese Bianca Fabroni Minucci (in arte «Donnabianca»). Per salvare le convenienze ed evitare chiacchiere si stabilisce che Dino non dormirà nella villa dei Minucci e lui perciò affitta una camera a Livorno, viene a Antignano la mattina e riparte ad una certa ora di sera: legge, scrive, conversa con la padrona di casa o con la sua bellissima ospite, quella crocerossina Lusena che ha perso in guerra il fidanzato e ora attende di partire per il fronte. Passeggia, solo, in riva al mare. Sente che la poesia gli sfugge, che non ritornerà mai piú: «O poesia tu piú non tornerai | Eleganza eleganza | Arco teso della bellezza. | La carne è stanca, s'annebbia il cervello, si stanca | Palme grigie senza odore si allungano | Davanti al deserto del mare | I cubi degli alti palazzi torreggiano». Ne parla tra attonito e accorato: «Scrivere non posso, i miei nervi non lo tollerano piú». «Non voglio essere piú poeta. Neppure le acque e neppure il silenzio sanno piú dirmi nulla, e infinita è la mia desolazione».

Pensa al presente, al futuro. Progetta di vivere, dopo la fine della guerra, mettendo a profitto la conoscenza delle lingue straniere «dopo aver desistito dalla letteratura sotto tutte le forme». Vorrebbe realizzare un po' di soldi svendendo l'intera giacenza dei *Canti Orfici* in blocco ad un distributore o addirittura offrendola «a Sua Maestà». Del successo letterario non gli importa nulla. Quando il critico Emilio Cecchi gli annuncia d'avere scritto un articolo su di lui per il giornale «La Tribuna» Dino risponde ingenuamente: «Chiederei di indirizzarmi a qualche rivenditore per liberarmi delle ultime centinaia di copie dei Canti, e ciò sarebbe possibile dopo la stampa del suo articolo non è vero?»

Mercoledí 31 maggio 1916, in piazza Cavalleggeri a Livorno, Dino si avvicina a due donne per chiedergli (secondo la cronaca del quotidiano «Il Telegrafo») dove sono i Cantieri Orlando e l'Accademia Navale. Spaventatissime, le donne rispondono che loro non sanno niente e corrono ad avvertire un maresciallo di finanza, tale Giuliano Barluzzi: c'è un giovanotto – gli dicono – d'accento straniero e d'aspetto tedesco che va in giro a raccogliere notizie sulle caserme e i cantieri. «Dov'è?», domanda Barluzzi. Avuta l'indicazione s'avvicina alla persona sospetta, l'arresta senza che questa opponga resistenza e la «traduce» in Questura. Qui, dopo un'attesa di alcune ore (durante la quale i poliziotti gli perquisiscono la camera) Dino viene messo davanti ad una scrivania, con la luce elettrica negli occhi, e interrogato «lungamente» dal commissario Schiavetti e dal delegato Frenguelli. Gli si contesta, come al solito, d'essere senza documenti; di non vestire una divisa; d'avere in valigia alcune copie d'un libro, apparentemente di poesie, con scritte in lingua tedesca ed altre in lingua italiana inneggianti «a Guglielmo II imperatore dei germani»... – Dato lo stato di guerra e le restrizioni della libertà che ne derivano per tutti la situazione di Dino (sospettato di diserzione, di propaganda in favore del nemico e, perché no?, di spionaggio) è tale che se lui non avesse uno zio procuratore del Re a Pisa finirebbe subito in galera e ci resterebbe chissà quanto, prima di poter chiarire la sua posizione; invece viene rilasciato in giornata. («Sua Eccellenza» Francesco

Campana, interpellato al telefono, conferma i dati del nipote e aggiunge alcuni dettagli che ne determinano l'immediato rilascio. Dice che è stato in manicomio, che anzi c'è ancora, secondo la legge. «Perciò, – spiega, – non l'hanno preso nell'esercito». Dice che ha avuto la nefrite e che è al mare in convalescenza). Ma dopo soli venti giorni il commissario Schiavetti se lo vede ricomparire dinnanzi, questa volta condotto da due guardie municipali che dichiarano di averlo arrestato perché sotto l'effetto dell'alcool si è definito «poeta germanico» e ha detto altre cose ancora, per esempio di aver trattato a Ginevra, nella primavera del 1915, con un emissario del *Kaiser* che gli avrebbe fatto «proposte interessanti». Rimasto solo con Dino il commissario gli rivolge un breve discorso, cosí riassumibile per contenuto e per stile: Adesso hai rotto i coglioni. Se sei matto sono fatti tuoi ma da Livorno devi andartene entro domani, hai capito? Se mi ricapiti davanti...

Nella notte tra martedí 20 e mercoledí 21 giugno Dino delira, s'immagina che un'intera città – Livorno – partecipi al complotto contro di lui. Scrive una lettera al «Telegrafo» in cui accusa i livornesi d'essere tutti «delinquenti e complici di delinquenti», «ruffiani e spie». Si firma Dino Campana, «poeta germanico»; fa la valigia e va al treno ma non dimentica d'imbucare la lettera prima di partire per Firenze. Il giorno dopo, giovedí, compare sulla seconda pagina del «Telegrafo» un articolo tra umoristico e paternalistico intitolato «Il signor Dino Campana poeta germanico». Nell'articolo – firmato da Athos Gastone Banti, fondatore e primo direttore del quotidiano livornese – il poeta viene definito «un coso brutto e strano, dal pelo rosso e dall'aria sospetta» che «fa, in pubblico, dei discorsi scemi: dei discorsi stupidi: dei discorsi cretini: dei discorsi... da poeta italo-germanico». A Lastra a Signa, dove è tornato a stare col padre, il «coso» legge e decide che laverà l'offesa col sangue, secondo le regole del codice cavalleresco. Scrive il «cartello» di sfida («Voi siete un grottesco meticcio negro affatto idiota, perciò dicendomi germanico ho voluto darvi una pedata nel culo») e prima di consegnarlo alla posta lo fa controfirmare da un testimone: tale «Mario Moschi, scultore». Nella notte tra venerdí e sabato le ossessioni di Dino raggiungono il parossismo. Banti, che lui non conosce, di volta in volta gli appare nelle sembianze dello «sbirro» Papini, dello «sciacallo» Bucivini Capecchi, del «serpone» Carrà che l'ha pubblicamente offeso e tutt'a un tratto, nel delirio, quest'ultima identificazione si fa certezza. Ma sí! Banti, il sicario, è Carrà che agisce per conto dei «sacchi di pus coperti di futurismo» cioè di Papini, di Soffici, di Marinetti... – Rantolando nel letto sfatto, brancicando tra le lenzuola, Dino ripete: «È la vigilia». Vorrebbe scrivere a Carrà: dirgli che lui, «poeta del presente e dell'avvenire», sa tutto e ha capito tutto. Però non conosce l'indirizzo di Carrà e decide che spedirà a Papini. («Tanto un sacco di pus vale l'altro»). S'alza, si siede alla scrivania. In mancanza di carta da lettera utilizza il retro di una busta: «Carrà mi ricorderà (egli mi consigliava di venire a Firenze vestito di pelli di capra). Dunque al piacere di infilarvi. È questa la vigilia?»

La testa è talmente pesante che a tratti Dino si puntella per non crollare in avanti. Scrive: «Io sono indifferente, io che vivo al piede di innumerevoli calvari. Tutti mi hanno sputato addosso dall'età di 14 anni, spero che qualcheduno vorrà al fine infilarmi. Ma sappiate che non infilerete un sacco di pus, ma l'alchimista supremo che del dolore ha fatto sangue. Urrah! io voglio infilare od essere infilato in odio ai sacchi di pus coperti di futurismo».

Sabato 24 giugno 1916, poco dopo le otto di mattina Dino sta ancora dormendo e un fattorino lo sveglia, gli fa firmare la ricevuta di un telegramma da Livorno che risulterà inviato da tali Giacomo Merli, generale in pensione, e Marco Tonci dell'Acciaia, conte, padrini designati dal cavalier Athos Gastone Banti per il duello col Campana. Formalmente chiedono allo sfidante di indicare chi lo rappresenti. Dino si lava, si veste, ancora spossato dagli incubi notturni, va all'ufficio postale, telegrafa al generale Merli: nomino miei rappresentanti i signori M. Moschi, scultore, e A. Takeda, pittore. Nel pomeriggio a Firenze parla col giapponese Takeda, discendente da una famiglia di *samurai* e esperto in arti marziali, che senz'altro accetta di rappresentarlo. A Signa torna che è notte e trova sotto la porta un bigliettino del Moschi: «Ricevuto telegramma da Livorno chiedo urgentemente vederti». Dino è perplesso: che vorrà? Dopo poche ore di sonno intervallate dai soliti incubi corre allo studio di Moschi (ormai, è domenica mattina) e Moschi gli fa vedere il telegramma degli implacabili generale Merli e conte Tonci dell'Acciaia che a norma dell'articolo 130 del codice cavalleresco convocano i padrini della parte avversa per «domani ore quattordici» a Livorno al Circolo Filologico. «Oggi pomeriggio alle due», spiega Moschi al povero Dino che c'è rimasto di sasso. «Tu che hai risposto?», chiede Dino. Moschi allarga le braccia: «Niente». «Non ho risposto proprio niente». Spiega: «Fin che si scherza va bene, ma a me questa gente dà i brividi e poi non ho mai visto un duello in vita mia, non ho voglia di andare a Livorno, insomma non posso accettare l'incarico di rappresentarti. Trovati un padrino piú adatto».

Anche «infilare o essere infilato» non è impresa esente da difficoltà. Che fare? Dino spedisce a Takeda una busta con dentro il telegramma e va lui stesso a Firenze, cerca un secondo padrino in sostituzione del Moschi; ma non lo trova. Gli esperti in questioni cavalleresche son tutti al fronte; i rimasti per «motivi di salute» (pittori e letterati che camperanno, in media, cent'anni) sono persone inette per questo genere di faccende. Dopo due giorni di ricerche Dino rinuncia, a malincuore, a far la guerra ai «sacchi di pus». La mente è quasi snebbiata: l'oppressione al capo nelle ore serali è meno dolorosa e anche il delirio è scomparso. Ai primi di luglio, con sessanta lire dategli dal padre, va a Barco presso Rifredo sulle montagne del Mugello. Qui, nella «vera campagna dei solitari», spera finalmente di ristabilirsi e di riorganizzare la sua vita attorno a un perno che non sia la poesia.

È seriamente intenzionato a lasciare l'arte, a trovarsi un lavoro. Scrive lettere a tutti i conoscenti: possono procurargli «una piccola occupazione», «un guadagno di due lire al giorno»? (Altre due lire giornaliere, finché non sia ristabilito, gliele dà il padre). Nessuno lo prende sul serio. Le sue uniche fonti di reddito sono la vendita dei *Canti Orfici*, in via diretta o per corrispondenza, e la collaborazione alla «Riviera ligure» che è una rivista letteraria d'un genere particolare: nata come *réclame* dell'oleificio di cui sono proprietari i fratelli Mario e Angiolo Silvio Novaro, viene inserita nelle cassette dell'olio e non è reperibile in edicola. Dalla «Riviera ligure», a gennaio, Dino ha ricevuto una gratifica di cento lire ed altre ancora potrebbe riceverne se avesse inediti da inviare: ma non ne ha. (A maggio, per bisogno urgente di quattrini, è quasi arrivato al plagio facendosi pagare come propria una lirica della poetessa fiorentina Luisa Giaconi morta nel 1908). Può solo offrire se stesso e difatti si propone ai Novaro: hanno bisogno di un traduttore, di uno scritturale, di un impiegato a mezzo servizio per l'oleificio o la rivista? Mario risponde di no e cosí finisce anche la collaborazione con la «Riviera ligure».

Dal Barco, dove alloggia «in una trattoria qualsiasi», un giorno di metà luglio Dino discende a Scarperia per andare a trovare una tale Anna che gli ha acquistato una copia dei *Canti Orfici* alle Giubbe Rosse di Firenze e poi gli ha scritto una lettera traboccante di esclamativi, di vocativi, di iperboli. Quest'Anna Senzacognome (forse, il cognome è sla-

vo) è la «russa incredibile venuta dall'Africa» di cui Dino favoleggia con Emilio Cecchi e Sibilla Aleramo ma sul cui conto non dà notizie perché se ne vergogna. Tutto ciò che sappiamo di lei è che si adatterà a pagare l'affitto delle stanze occupate dal poeta alla Casetta di Tiara, un villaggio sull'estremo crinale dell'Appennino tosco-emiliano tra il Passo della Futa e il Passo di Raticosa, senz'altro chiedergli in cambio che il privilegio di vederlo ogni tanto. È dunque lecito supporre che si tratti di donna non giovane, non bella, non dotata di particolare talento letterario o artistico. Gli incontri con Anna avvengono nella seconda metà di luglio e per parte di Dino sono soprattutto motivati dalla necessità di definire l'«affare» della Casetta: che gli dovrà consentire di sopravvivere lontano da Marradi con le due lire giornaliere del padre. Intanto, altri eventi maturano.
– Il 3 d'agosto, giovedí, alle sette e mezza di mattina Dino è seduto su un muretto appena fuori del paese e guarda verso Scarperia la corriera «postale» da Firenze che s'avvicina in una nuvola di polvere, che si ferma a pochi metri da lui. Ne scende – unico passeggero – una signora vestita di bianco con un larghissimo cappello e un'andatura «regale». Insolitamente premuroso, l'autista s'affanna a scaricare il bagaglio – borsa da viaggio, borsetta, parasole – ma lei nemmeno ci fa caso, va verso Dino che s'è alzato, che le sorride. Gli chiede: «Voi siete Dino Campana?» Gli dà la mano, gli dice: «Eccomi. Io sono Sibilla».

L'incontro di Dino con Sibilla Aleramo, al Barco, è preceduto da uno scambio di lettere che soprattutto servono a vincere l'iniziale diffidenza di lui, la sua reale misoginia (acuita, proprio in quei giorni, dalla vicenda con la «russa»). Dino vuole un'avventura senza problemi né strascichi – un'avventura come quella con la «svizzera segantiniana» che lo ha «commosso» un anno fa – ma lo spaventa la fama di mangiauomini dell'Aleramo e scrive a Cecchi per essere consigliato, rassicurato, protetto... Di tutt'altro genere sono le preoccupazioni di Sibilla. Lei l'avventura l'ha decisa nel momento stesso in cui ha finito di leggere i *Canti Orfici* («Chiudo il tuo libro | le mie trecce snodo») e le lettere d'approccio sono i preliminari per un incontro che accetterà comunque e dovunque, anche se preferirebbe che a muoversi fosse Dino... («Se foste venuto qui voi, la prima impressione che v'avrei fatta sarebbe stata forse migliore, senza cappello e tutti gli altri imbarazzi del viaggio»).

Rina Faccio, in arte Sibilla, nell'agosto del 1916 ha giust'appunto quarant'anni, essendo nata a Alessandria nell'agosto del 1876. È, come Dino, «leone». Nel suo romanzo *Una donna* ha raccontato di sé: l'infanzia, la giovinezza, la violenza subita a quindici anni e «riparata» con un matrimonio assurdo, la nascita dell'unico figlio e, poco dopo, il distacco... «Qualcosa in me è rimasto eternamente insoddisfatto, – dirà la Faccio-Aleramo, – l'anelito ad un figlio dell'amore, a una creatura che fosse insieme un capolavoro della mia carne, del mio cuore, del mio spirito. E ho amato, o creduto d'amare, tanti uomini. E la mia poesia è stata generata cosí». All'epoca dell'incontro con Dino l'elenco degli ex amanti di Sibilla comprende già quasi tutta la letteratura italiana vivente, buona parte delle arti figurative, qualche rappresentante del teatro e un numero imprecisato di aviatori, cavallerizzi, rivoluzionari e banchieri con cui l'«eternamente insoddisfatta» ha avuto rapporti «agili» ma anche «vertiginosamente intensi». («Eravamo un gemito solo»). Il suo viso è quello dell'Italia con in mano la spiga che c'è sulle monete da venti centesimi, opera dello scultore Leonardo Bistolfi. (Uno dei «tanti», collocabile tra il 1908 e il 1909). Le sue fattezze piú intime sono divulgate da Michele Cascella (un altro) in una serie di nudi esposti a Roma e a Milano e poi anche riprodotti in un libro di poesie che De Robertis, su «La Voce», sbrigativamente liquida come «lirica chic»...

Sibilla è già innamorata, è già arrivata quassú avendo negli occhi «una visione di forza e di grandezza, fuori del tempo». Dino non pensa all'amore, pensa soltanto all'avventura con una donna piú anziana di lui ma ancora bella e disponibile: e va diritto allo scopo. (Sibilla: «Sempre ho negli occhi quella strada col sole, il primo mattino, le fonti dove m'hai fatto bere, la terra che si mescolava ai nostri baci, quell'abbraccio profondo della luce»). Lascia che sia lei a parlare di sé, a raccontare la sua vita – è già tutta scritta nei tuoi libri, perché la racconti? – e insomma si comporta da uomo esperto, di mondo, organizza le cose materiali: la stanza alla locanda, il pranzo, la cena, la passeggiata dopo cena. (Sibilla: «I nostri corpi su le zolle dure, le spighe che frusciano sopra la fronte, mentre le stelle incupiscono il cielo»). Pronuncia accorte parole. (Sibilla: «M'hai detto: tu non dici: *sempre*, *mai*, come le altre»).

Dino non pensa di provare un vero interesse per Sibilla e meno che mai pensa di potersene innamorare. Del resto, che significa «innamorarsi»? (Lui, a trentun anni, non è mai stato «innamorato»). Roba da letteratura femminile... È soddisfatto, questo sí. Ha avuto ciò che voleva: un'avventura tra i suoi monti con una donna che gli piace, che si concede senza storie... Le sue difese cominciano a venir meno nel momento in cui si rende conto che l'«avventura» non finisce in tre giorni. Domenica 6 agosto, un'ora prima che Sibilla riparta con la corriera, Dino le chiede di tornare e poi balbetta, arrossisce, tira fuori parole che mai avrebbe creduto di poter pronunciare. (Sibilla: «È vero che m'hai detto *amore?*» «Tremavi. M'hai detto cose tanto care». «Sei mai stato amato, Dino?»). Seduti su quello stesso muricciolo dove lui l'ha attesa giovedí, Sibilla e Dino parlano del presente e dell'immediato futuro, fanno progetti di vita. Lei, a Firenze, lavora per l'Istituto Francese di Cultura: traduzioni, niente di piú. Ha una relazione con un ragazzo di diciassette anni, quello stesso Raffaello Franchi a cui, mesi prima, Dino ha venduto una copia dei *Canti Orfici*: troncherà subito, domani. Per parte sua Dino non ha relazioni né mai ne ha avute da che è al mondo ma non intende sfigurare e tira fuori la «russa» che da Scarperia continua a tormentarlo, che non lo lascia... «Perciò, – dice, – ho deciso di trasferirmi piú in alto e piú lontano, a Casetta sopra Firenzuola. È questione di giorni, ormai. Domani o dopodomani vado a vedere le stanze». – Sottovoce, con tono grave, le confida il suo massimo segreto (a cui Sibilla, lí per lí, non dà alcun peso): «Io, – le dice, – sono ammalato di una malattia che ha a che fare con la guerra, che è cominciata assieme alla guerra. Quando la guerrà finirà, io non esisterò piú».

Dino e Sibilla si ritrovano a Barco per ferragosto (Sibilla: «Tra i grandi boschi... mi aspetti? Ti farò gridare di gioia quando ci riprenderemo») e poi trascorrono insieme venti giorni a Casetta di Tiara, oggi soltanto «Casetta»: quattro edifici e un campanile in un paesaggio sassoso tagliato in due da una strada – la Statale n. 65 da Firenze a Bologna – percorsa notte e giorno dagli autotreni, senza un negozio né un bar né una cabina telefonica. All'inizio del secolo molte cose dovevano essere diverse, lassú, se c'erano perfino le cartoline illustrate di «Casetta di Tiara». C'era di certo un'osteria, forse un albergo, chissà. I fiori del lino occhieggiavano azzurri tra le rocce, le pecore pascolavano un po' ovunque e i ragazzi che le custodivano si riunivano in gruppi chiassosi. C'erano, in assenza di televisori, le stelle. (Sibilla: «Le stelle intorno alla Casetta». Dino: «Le nostre stelle. *Nos étoiles*»). Ma queste sono divagazioni. Dino e Sibilla, sui monti sopra Firenzuola, vivono, fuori del tempo, il loro frammento di «ora eterna». Leggono, parlano, raccolgono funghi nei boschi, fanno l'amore dove capita. Succede un paio di volte che lui deliri, di notte; che vada in giro per casa stringendosi il capo tra le mani e lamentandosi d'un vento che soffia fuori nella valle oppure dentro di lui: un vento freddo, «iemale»... Circa la metà di settembre Sibilla torna a Firenze e Dino rimane solo ad affrontare i suoi incubi. Gli rimbomba in capo, ossessivo come il rintocco d'una campana a morto, un brutto verso d'un sonetto di Giovanni Cena per Sibilla Aleramo: «Io la scopersi e la chiamai Sibilla». Lo assilla la gelosia, che nei suoi nuovi deliri occupa un posto centrale e riassume in sé tutte le precedenti fissazioni. Quel pensiero che già fu di Callimaco: «Io che odio la poesia volgare e che non passo per le strade frequentate da tutti; io che non bevo nemmeno alle fontane perché non mi piacciono le cose pubbliche; ora sono costretto a dividere con altri il mio amore». («Ma almeno Callimaco, – pensa Dino, – il suo amore non lo divideva con tutti gli altri poeti dell'*Antologia Palatina*!»). Nei suoi deliri notturni, sempre piú frequenti e sempre piú angosciosi, Sibilla è stata, è di tutti; di Papini, di Prezzolini, di Soffici, di Boine, di Carrà, di Cardarelli, di tutti quelli che sono al fronte e dei ragazzi che ancora non partono perché non hanno l'età: dei quindicenni, dei sedicenni, dei diciassettenni come Franchi... È l'immagine puttana della letteratura nazionale, la pattumiera di tutte le retoriche, il femminile di D'Annunzio: e lui, Dino Campana, ha potuto lasciarsi suggestionare da un simile miraggio! – Corre allo specchio, si percuote. «È tutta magia, sciocco!» «A ognuno essa appare come la sua amata!»

A fine settembre, a piedi, per boschi che già cominciano ad assumere i colori autunnali e per prati pieni di colchici, Dino discende a Marradi. Da qui prende il treno per Firenze. Trova Sibilla in stazione e le propone di partire immediatamente per Pisa. «Andiamo al mare, Sibilla». «Senza bagaglio di pensieri o d'altre cose che non servono». «Andiamo via da questo focolaio di càncheri che è Firenze». A stento lei lo persuade ad attendere la mattina del giorno successivo. Domenica 1° ottobre Sibilla e Dino sono a Marina di Pisa: prendono in affitto una villetta dove, a sentire la padrona, ha già abitato D'Annunzio. La sera Dino sta male. Delira, accusa Sibilla di volerlo «romanzare» con i suoi amanti, di esercitare su di lui una sorta di suggestione ipnotica... Martedí crede di star meglio e va in città a salutare lo zio. Sibilla ne approfitta per scrivere a Cecchi, che ha un cognato psichiatra, di chiedergli «cosa si potrebbe fargli prendere, calmante soprattutto per la notte, ma che non nuoccia al cuore». Mercoledí, giovedí le scenate si ripetono con intensità crescente: finché nella notte tra sabato e domenica Sibilla fugge malconcia presso certi pescatori che abitano lí vicino e che addirittura vorrebbero chiamare la polizia. «No, per favore, – li supplica. – Non c'è bisogno di chiamare nessuno». (In un impeto di furore, dopo che lei ha ammesso d'avere effettivamente avuto una relazione con Papini, Dino le ha sputato in viso e ha cominciato a percuotersi e a percuoterla). Torna a Firenze e va a stare da un'amica, la contessa Ester Castiglioni.

Qui riceve la visita di Emilio Cecchi che, secondo il racconto dell'interessata, «mi vide con un occhio pesto e mi scongiurò di rompere ogni rapporto con Dino». Lei formalmente promette: non lo rivedrà mai piú. – Ma quando Dino le telegrafa da Marina di Pisa («Urgente tua presenza vieni Campana») Sibilla si preoccupa soltanto di non essere vista con l'occhio nero; di essere bella per lui...

Sfrattati da Marina di Pisa, Dino e Sibilla vanno a Casciana Terme, dove lei fa la cura delle acque per prevenire l'artrite. Tra un bagno e l'altro (di Sibilla) si amano furiosamente e altrettanto furiosamente litigano. Dino, che ormai è davvero «pazzo», alterna momenti di relativa lucidità ad altri di alienazione totale. Lo tormentano le emicranie, specialmente notturne, e le forme ossessive di delirio. Accusa Sibilla («incarnazione dell'empia anima femminile») di averlo circuito con l'amore carnale per carpirgli quel «puro accento di poesia» che lui solo, in Italia, possiede; di voler prostituire «il puro spirito della poesia italiana» ai suoi amanti Papini, Prezzolini, Soffici, Cena, Marinetti, Boine, Bastianelli, Carrà... Non la percuote come a Pisa anzi la tiene lontana, le parla gelido, col voi: «Non mi toccate, donna impura!» «Come già vi ho significato, non intendo piú degradarmi coi vostri amplessi disgustosi!» Ma Sibilla non si lascia intimorire. Pratica l'«amore carnale» con determinazione e con discreti risultati per una decina di giorni (durante i quali lui scrive cartoline ad amici e conoscenti dichiarando d'essere un *gigolo*, di convivere con una troia, di aver trovato sistemazione come ganzo di una nota puttana). Mercoledí 25 ottobre Dino pone Sibilla di fronte ad un'alternativa: o scrive subito a Bastianelli, Cardarelli, Soffici, Boine, Marinetti eccetera di non voler piú avere a che fare con loro, oppure lui se ne andrà. Sibilla rifiuta, Dino parte. Va a Marradi a farsi dare qualche lira dal padre e poi ritorna a Firenze. Si ritrovano il 2 o il 3 di novembre e vanno a stare a Settignano in casa di una giornalista svedese, Anstrid Anhfelt; vi resteranno, amandosi e battendosi come forsennati, fino alla vigilia di Natale. (Anhfelt: «Tutta la notte si sono battuti e graffiati. Si ammazzano senz'altro, se qualcuno non interviene». «La mia pace è distrutta». «Tutta la notte a temere qualche grave fatto. Tutto quanto è cosí disgustevole»).

Per volontà di Dino trascorrono il Natale a Marradi, unici ospiti dell'albergo Lamone. Gli ippocastani rachitici del breve viale, l'odore di muffa nell'ingresso, il cassettone e il letto di ferro nella stanza che affaccia sulla ferrovia compongono agli occhi di Sibilla un insieme cosí malinconico da farle desiderare per contrasto d'essere in casa d'amici in una grande città piena di luci e di vetrine. Ma Dino insiste a mostrarle gli insignificanti edifici del suo insignificante paese: il municipio, la scuola, la casa dei genitori (che sono a Siena, dal fratello)... Marradi sembra deserta. Rare persone per strada, quasi tutte anziane; finestre e imposte serrate a nascondere occhi che spiano cosa fa «il matto», con chi sta. Che faccia ha «la moglie del matto». (Ed il disagio di Sibilla riflette in parte questa sensazione d'esser scrutata, spiata; di trovarsi sul palcoscenico d'una commedia a lei estranea...)

Il 1916 si conclude con altre botte, altri sputi. Dino scappa a Livorno, non si sa perché; Sibilla si rifugia in casa della Castiglioni. Dalle rispettive distanze mandano (e si mandano) dichiarazioni d'amore. (Dino: «Amo e amerò Sibilla con la miglior parte di me stesso». Sibilla: «Ti adoro. Vivo perché hai detto che il mio amore ti è caro»). Il fatto nuovo di questo periodo è che nei momenti di lucidità lui si rende conto di essere pazzo e chiede a lei d'aiutarlo. Come? – Sibilla interpella i conoscenti e interpella anche la madre di Dino che risponde allegando immagine della Madonna delle Grazie. Dice: Non c'è niente da fare, lui è cosí da quando aveva quindici anni. Qualcuno (forse la stessa Castiglioni, forse lo psichiatra Gaetano Pieraccini cognato di Cecchi) parla della vicenda Campana-Aleramo col professor Tanzi, titolare della cattedra di freniatria dell'Università di Firenze. Bisognerebbe – gli dice – aiutare Dino a recuperare la ragione oppure, se la cosa non è possibile, aiutare Sibilla a staccarsi da lui per impedirle di fare la sua stessa fine. «Va bene, – dice l'illustre: – mandatemeli insieme, vedrò cosa posso fare». Nella penultima settimana del gennaio 1917 (forse lunedí 21 o martedí 22) Tanzi visita Campana ma non formula una diagnosi precisa perché, dice, «la neurastenia di cui lei soffre non è il fenomeno morboso ma solamente un suo sintomo». Consiglia l'immediato ricovero in una clinica psichiatrica: non si pronuncia sulla durata della cura, però avverte che per una totale remissione del male occorreranno mesi, forse anni.

Proibisce la permanenza in località marine («M'hanno detto che lei recentemente stava a Livorno: se ne vada») e invece raccomanda il clima di montagna cioè – specifica – il clima alpino. («Gli Appennini sono zona d'influenza mediterranea e marittima»). Gli scrive alcune ricette e lo licenzia. Poi fa introdurre l'Aleramo: e s'intende che questi dialoghi sono liberamente ricostruiti, che non esistono registrazioni e nemmeno testimonianze di ciò che Tanzi dice a Sibilla, a quattr'occhi e nel chiuso del suo studio. Sappiamo solo che dopo quel colloquio Sibilla e Dino si separano, immediatamente e in via definitiva. Perciò io m'immagino che Tanzi le dica: «Egregia e cara signora. Ho visitato il suo amico Campana e le comunico, col dovuto riserbo, che la sua forma neurastenica è probabilmente connessa ad un'infezione luetico-degenerativa riscontrabile anche dal passo leggermente claudicante, dalla fissità dell'occhio destro, dalla comparsa, ch'egli ammette, di papule e di eritemi su tutto il corpo, in passato... Non so se riesce a seguirmi». «Il signor Campana, anni fa, ha contratto il morbo della sifilide e ne è affetto tuttora. Questa è la causa dei suoi disturbi neurastenici, per guarire dei quali egli avrà bisogno di un lungo periodo di ricovero e di cure. Ma ora è di lei che dobbiamo occuparci, per quanto la cosa possa sembrarle sgradevole e di fatto lo sia». «È necessario predisporre accertamenti rigorosi per stabilire se anche lei ha subito il contagio e se ne è portatrice. E poi anche è necessario, m'intende, interrompere questa relazione che non può condurre a nulla di buono, né per lei né per il suo amico». «Le parlo come parlerei a una figlia. Di fronte alle pene per sifilide, quelle d'amore scompaiono».

Con quel poco di lucidità che le resta, Sibilla «liquida» Dino. Gli fa scrivere ai suoi amici della «Gazzetta del Popolo» per chiedergli se possono ospitarlo nella loro villa di Rubiana; gli ottiene una piccola somma di denaro da un mecenate fiorentino, tale Gustavo Sforni. Vorrebbe anche fargli delle lettere di presentazione per personaggi eminenti della cultura torinese (il Borgese, il Thovez) ma lui s'infuria, l'accusa di volerlo corrompere con i suoi amanti, di avere amanti in tutto il mondo... Le scenate degli ultimi giorni, senza piú il correttivo dell'«amore carnale», generano in entrambi una sorta di insofferenza che favorisce il distacco. Dino se ne va giurando che si ucciderebbe piuttosto di tornare a vivere con lei; Sibilla non fa giuramenti, ma ha già preso le sue decisioni. – A fine gennaio del 1917 Dino ritorna a Marradi: da lí, con in tasca un certificato dell'ospedale e un nulla-osta dei carabinieri, il 2 o il 3 di febbraio va a Bologna e prende il treno per Torino. La pianura deserta e bianca di neve gli fa tornare alla memoria il giorno della sua prima fuga, tanti anni fa. («Dov'è Regolo?»). Il cielo è grigio. Le stazioni sono gremite di soldatini adolescenti, infagottati in divise che li fanno apparire ancora piú giovani di quanto siano in realtà. Sui muri, sui vagoni ferroviari, ovunque, manifesti tricolori salutano «i ragazzi del 99» che vanno al fronte. Torino, la città dove due anni prima «strillava» i titoli del giornale, appare a Dino malinconica e vuota: un labirinto di strade che s'incrociano ad angolo retto e non conducono a nulla... Dorme all'Albergo dell'Agnello e la sera del giorno successivo è già arrivato in Val di Susa, in una casa vuota e fredda vicino a Rubiana ma in territorio del Comune di Almese. (Dicono i vecchi di Rubiana che ancora ai primi del secolo c'erano pochissime ville sulle loro montagne; che la «Villa Irma» abitata dal poeta certamente ha cambiato nome ed è, con ogni probabilità, quella che ancora si vede sulla strada che sale da Almese, quasi al confine tra i Comuni. I proprietari piú antichi di cui è rimasta memoria sono certi Rosa torinesi con interessi nella Fiat; ma chi mi ha dato queste informazioni mi ha anche detto di non avere certezza che durante la grande guerra la villa fosse effettivamente dei Rosa).

Sia beneficio del clima o delle medicine ordinate da Tanzi, sulle montagne piemontesi Dino si sente rivivere: le emicranie si attenuano, le idee ossessive non scompaiono del tutto ma rimangono, per cosí dire, sullo sfondo; la mente si snebbia, gli interessi e le attitudini tornano ad essere quelli di sempre. Nelle giornate di sole passeggia tra i boschi; legge, scrive, progetta di fondare un giornale, «Il diario della nuova Italia» che dovrà essere, dice, «un foglio di coltura europea destinato a tutti». «In questo foglio che uscirebbe due volte al mese si dovrebbero raccogliere gli articoli piú importanti già apparsi mettendoli in luce di attualità. Tutti i fatti importanti della nostra vita nazionale (per esempio la vita di Leopardi nel suo significato) sono stati trascurati o messi in rapporto di avvenimenti di allora, troppo piccoli. Il foglio avrebbe carattere di un quotidiano intellettuale, coll'articolo di fondo e i fatti diversi. Niente critica e niente arte». – Anche il ricordo di Sibilla non è troppo tormentoso e poi c'è il «piccolo amore» con la «pupattola», c'è una signorina Felicita rubianese con cui lui recita «la commedia dell'amore disperato»...

Da Villa Irma, che s'affaccia sulla valle della Dora, nell'aprile del 1917 Dino sale tutti i giorni a Rubiana e va nel giardino della canonica dove un ragazza – la nipote del parroco – cuce e lo ascolta parlare dei paesi che ha visitato, dei tanti e tanti mestieri che ha praticato per vivere: il poliziotto, l'usciere, il suonatore di triangolo, il gestore del tiro a segno, il venditore ambulante, il manovale, il fuochista... È una giovane donna un po' «grassa» e con «gli occhi a mandorla», una «bellezza ecclesiastica» di cui lui finge di sorridere ma che non deve essergli del tutto indifferente se poi dice che la ricorderà «per molto tempo»: «Per molto tempo ricorderò | Quella ragazza cogli occhi | Conscii tristi e tranquilli | E il cappello monacale».

Visto che Dino è tranquillo, Sibilla inizia a tormentarlo con lettere di fuoco («Dino, io e te ci siamo amati come non era possibile amarsi di piú, come nessuno mai potrà amare di piú») e scrive anche a sua madre «Fanny» che in data 22 marzo risponde allegando immagine di San Francesco e consigliando di «legalizzare l'unione». Dino telegrafa «vieni subito»; lei dice no, non vengo, ma butta là: «Ti amo ancora». Il 24 aprile lui va in gita al lago di Avigliana con la signorina Felicita; spedisce a Sibilla una cartolina in cui le dà del «voi». «La vita è un circolo vizioso. Mandate traduzioni?» Lei risponde a volta di corriere: «Sono tua». «Addio». Dino si precipita a Firenze per cercarla (siamo ai primi di maggio); lei va a stare a Milano e da lí scrive «lettere di straziante passione». «Tanto, – dice, – non mi troverai mai». Un tal Filippo Marfori incisore futurista la rimprovera duramente: «Se lei ha voluto fuggire Campana e se noi l'abbiamo aiutata a ciò fare è stato appunto perché l'aveva fino ad ora fatta soffrire, ma se lei ora ch'è lontana eccita il Campana che già lo è abbastanza dal solo puntiglio di scoprire il suo rifugio, questo è un gioco non solo pericoloso, dato il tipo, ma francamente non da immischiarci gli amici». Dino riesce a procurarsi un indirizzo d'albergo e le telegrafa: «Desidero ardentemente vederti». Lei scappa a Varese nella villa dei suoi amici Tallone; da lí si reca a Ca' d'Ianzo, un paesetto di poche anime sulle pendici del Monte Rosa. Lo «stato di santità» imposto dai medici comincia e pesarle, e questa probabilmente è la causa del suo accanirsi con Dino che ai suoi occhi ne è il responsabile. Il 20 giugno gli scrive, forse da Varallo Sesia: «Domani proseguo per l'alta valle. Ci sono tante valli nelle Alpi. Tu non puoi indovinare in quale mi trovo. Il proposito sarebbe di restarci almeno tre mesi, che uniti agli altri cinque già trascorsi in stato di santità farebbero un record».

Dino rivede Marradi («Qua odor di fieno nelle vallate all'infinito! Che bellezza!») e poi ritorna a Rubiana: ma non vi ritrova né l'idillio con la «pupattola», né i vantaggi della cura ordinata da Tanzi. Riprendono gli incubi notturni; i fantasmi del delirio si sovrappongono alla realtà e piano piano la sostituiscono. – Nuovamente a Marradi in agosto, alterna crisi depressive in cui disegna la sua tomba e s'intrattiene coi rospi chiamandoli col proprio nome («Povero Dino. Non restare lí in mezzo alla via. Ti schiacceranno») a momenti di esaltazione futurista: «Tra tutti gli aeroplani moderni anche il mio seguirà il suo destino. O la morte o la gloria!» Si firma: «Dino Campana | cosí detto | poeta del presente e dell'avvenire». Ai primi di settembre va a Firenze. Prende in affitto la stanza sul Lungarno Acciaiuoli che già era stata di Sibilla e le scrive all'albergo di Milano, da dove la posta vien fatta proseguire: «Sono nella tua stanza. Dimmi se devo viverci o morirci». Sibilla riceve la lettera a Ca' d'Ianzo e – visto che sta preparando le valige per tornare – pensa di fargli uno scherzo, di rispondergli «sbadatamente» su carta intestata della pensione (*Pensione Alpi – Ca' di Ianzo – Novara*). Per evitare che gli amici la sgridino li previene lei stessa, per esempio a Cecchi scrive il 9 settembre 1917: «Ho risposto poche righe a Campana, ancora di distacco e di coraggio. Se vi raccontasse altro, invenzioni». (Ma le righe autunnali «di distacco» non sono incluse nel carteggio Campana-Aleramo pubblicato nel 1958 con il consenso dell'autrice: né vi si trovano, del resto, quelle primaverili «di straziante passione»). Dino riceve la lettera la mattina del giorno 10: la sera stessa è a Novara. Prende alloggio in una locanda vicino alla stazione ferroviaria. Durante la notte delira: «Io solo, – grida, – sono il responsabile di questo conflitto, di questi orrendi massacri. Ma dopo il mio incontro con Sibilla il ciclo si concluderà». I padroni della locanda pensano di avere a che fare con uno dei tanti sbandati e disertori a cui la guerra ha sconvolto la mente e mandano ad avvisare la polizia. – Martedí 11 settembre, alla stazione ferroviaria di Novara, Dino s'informa sul modo di arrivare a Ca' d'Ianzo. «È in capo al mondo, – gli spiega un impiegato. – Si va a Varallo col treno e da lí si prosegue in corriera. Purtroppo – guarda l'orologio – il primo treno è partito». Di fronte a tante complicazioni, e presentendo che comunque non arriverebbe in tempo per incontrare Sibilla, Dino rinuncia. Va alla posta e le telegrafa a Milano: «Sto male chiedo rivederti». Poi torna in stazione, e mentre guarda il cartello con gli orari delle partenze un poliziotto lo tocca sulla spalla, gli dice: «Ehi, tu. Senti un po'».

Dopo un'ora di panca e mezz'ora d'interrogatorio Dino viene condotto in carcere, nel castello sforzesco a margine della città; ma, prima, gli si permette di spedire (anzi di far spedire da una guardia) due telegrammi per Sibilla, uno all'indirizzo di Milano ed uno a quello di Ca'd'Ianzo: «Arrestato Novara vieni a vedermi Campana». Sibilla legge, s'accorge che lo scherzo va a parar male; che è necessario interromperlo. Torna a Milano e un tale Enrico Gonzales, avvocato, le scrive una lettera di presentazione per il procuratore del Re di Novara. Con questa in borsa, giovedí 13 settembre arriva nella «cittaduzza ignota»: si fa portare in Tribunale da una vettura di piazza e va a pranzo col procuratore, parla col delegato di polizia, garantisce che la persona arrestata in quanto priva di documenti è effettivamente lo scrittore Dino Campana da Marradi, riformato per disturbi nervosi e fuori di sé per amore... Il delegato sorride. «Se è una faccenda d'amore...» «Domani, – promette, – lo rispedisco al suo paese con il foglio di via obbligatoria. Ad una condizione però: che lei vada in carcere a riconoscerlo». Sibilla cerca di schermirsi ma il poliziotto è irremovibile. «È un atto necessario, – dice. – Io devo avere la certezza che la persona rilasciata sia proprio quella, e non altra».

L'ultimo incontro, in prigione, è già un incontro tra estranei. Per Dino, che pure cerca di baciarle le mani attraverso le sbarre, Sibilla ormai non è altro che la somma di tutte le sue fissazioni, passate e presenti. Per lei, irritata e delusa, Dino è soltanto un «mentecatto» meritevole d'ogni castigo. («Per le lividure che il mentecatto lasciò su le mie membra bianche, ch'io guardava bruciante attonita, ed egli sghignazzava stridulo sinistro ed aggiungeva vituperi e sputi. Per le rose che furono calpestate presso l'orlo della mia veste. Io ch'ero la vita», eccetera). – Venerdí 14 settembre Dino passeggia sul «baluardo» di Novara, di fronte alle Alpi illuminate dal sole. Entro ventiquattr'ore deve presentarsi ai carabinieri di Marradi ma non ha fretta. Sta bene: «L'aspro vino mi ha riconfortato | E dal baluardo un azzurro | Sconfinato | Posa sulle betulle, | Panteon aereo di colonne | Sopra un giardino di Lombardia. | Settembre solare denso | Dove le betulle emergono nel | Piano | Lontano | Il macigno bianco». S'incanta a guardare i voli delle rondini attorno alla cupola di San Gaudenzio: «Avanti l'arco dell'intercolonno | Treman rigati nell'azzurro persi | Voli».

La sera, Dino è a Milano. Cerca Sibilla in albergo e naturalmente non la trova perché lei è a Varese dai Tallone. S'incontra con Cardarelli; insieme finiscono nello studio di Carrà dove Dino comincia a delirare (ormai delira ogni notte). Ripete sempre le solite frasi: «Il mio amore per Sibilla è la causa della guerra», «Il ciclo sta per concludersi»... Cardarelli, che in un passato non remoto ha avuto anche lui una relazione con l'Aleramo, s'alza di scatto. «La compagnia è bella, – dice, – ma io mi sono stancato d'ascoltare codeste scempiaggini». Prende cappello e bastone e poi ancora sulla porta si volta indietro, verso Dino che s'è zittito. Gli grida: «T'ho conosciuto bacato. Ora sei marcio». Ripete, battendo il dito sulla fronte: «M'intendi? Tu sei marcio!» «Marcio!»

A Lastra a Signa col padre, Dino riceve da Binazzi l'offerta di lavorare presso il «Mattino» di Bologna come correttore di bozze: risponde che non sta bene, che non può vivere lontano dai parenti. Va tutti i giorni a Firenze, a piedi. Con l'occhio fisso e il passo strascicato s'aggira per una città resa attonita dalle notizie sempre piú gravi che arrivano dal fronte. Entra nella birreria «Pilsen» di piazza Strozzi, dove alcuni ragazzi (Nerino Nannetti, Spina, Remo Chiti, Primo Conti) favoleggiano di futurismo; gli si avvicina, gli toglie il vassoio con le consumazioni, sale in piedi sul tavolo e gli parla come se fossero un pubblico, gli dice: «Guardate che qui siamo in piena guerra, questa guerra spaventosa, tragica... Sappiate che il colpevole di questa guerra sono io, che la causa di questa guerra è il mio amore con Sibilla Aleramo...» (Conti: «Da principio si era pensato a uno scherzo, poi si capí che faceva sul serio. Nerino Nannetti uscí di soppiatto, non so se per telefonare a qualcuno o per avvertire un ospedale... Ma Campana, conclusa quella sua dichiarazione cosí netta e piena di angoscia, si rasserenò, scese dal tavolino, rimise il vassoio al suo posto e tornò a sedersi come se nulla fosse stato. Poco dopo andò via, ma in noi tutti rimase la sensazione che qualcosa di molto grave era successo nello spirito del nostro amico: il primo avviso di un suo definitivo scomparire dalla nostra vita...»).

Il 19 ottobre entra all'ospedale militare del Maglio, dov'è stato convocato per una visita di controllo. Siamo alla vigilia di Caporetto e l'ospedale rigurgita di semiciechi, di sciancati, di sordi, di pazzi veri o presunti, di giovani che si professano cardiopatici, tubercolotici, diabetici... Dino viene trattenuto in osservazione per piú di un mese, fino alla fine di novembre; durante questo periodo perde piú volte la cognizione del luogo in cui si trova e vuole andarsene, partire. Due idee ossessive lo tormentano: l'amore per Sibilla Aleramo e l'ultima frase di Beethoven: «Nel sud della Francia, laggiú, laggiú». (Grida: «Devo partire!» «Devo andare a Nizza!»). Definitivamente riformato, cerca di convincere sua madre «Fanny» ad andare in Francia con lui. «Andiamo a Nizza, – le dice: – lavorerò, guarirò. Là c'è un bellissimo clima». Eccede nel bere, si esibisce in pubblici schiamazzi. Quando lo convocano in commissariato, a dicembre, parla di una persecuzione ordita contro di lui da tali Papini, Soffici, Prezzolini, Cecchi, Bastianelli, Cardarelli e Carrà. «Costoro, – dice, – vogliono annientarmi per mezzo di Sibilla Aleramo, la donna dei venti centesimi». Si fruga in tasca e mostra una moneta. «Questa carogna, – spiega ai poliziotti intenti a farsi segni tra loro, – è piombata su di me come la collera di Dio e mi ha lasciato distrutto dall'orrore». «Sí, lo so, – dice il commissario: – ma se non la smetti di far baccano la notte, io ti trovo una sistemazione tale che rimpiangerai i tempi quando i nemici ti perseguitavano». Il 16 dicembre decide di suicidarsi e scrive varie lettere d'addio, ma poi se ne dimentica. Il giorno di Natale ha ancora sufficiente lucidità per indignarsi d'un ennesimo «appello agli italiani» di Gabriele D'Annunzio. «Non ho potuto leggere il discorso del Vate. È troppo letterato anche nei migliori e peggiori momenti. A me sembra che sia la massima cloaca di tutto il letteratume presente passato di tutti i continenti e non mi sento di ritrovarmi nei suoi discorsi». Ai primi di gennaio convoca Anna, la «russa» di Scarperia, e le fa scrivere in francese dei messaggi deliranti che poi verranno spediti ad alcuni amici di Sibilla. Questi messaggi, che recano in calce il disegno di un triangolo, dicono tutti: «Signore. Il mio amico mi incarica di scrivervi queste cose di cui io non comprendo il significato. Il ciclo che racchiude la guerra italiana e che si è aperto quattro anni fa essendosi concluso, l'uomo ancora vivente chiede al trasmettitore di rivedere la signora con cui vuol vivere. Promette fedeltà a lei e ai suoi amici nella quarta Italia. △». Il 12 gennaio 1918, a Lastra a Signa, insegue per strada un ragazzo; il ragazzo si rifugia dentro la bottega del padre calzolaio e chiude a chiave la porta. Dino ci batte con un sasso. Si raduna gente, arrivano le guardie. A viva forza il recalcitrante viene portato nell'ambulatorio dell'ufficiale sanitario che compila la «modula», e poi in Comune dove il sindaco firma l'ordinanza per l'ammissione in manicomio. (Entrambi i documenti sono andati perduti). La sera di quel medesimo giorno Dino Campana è a San Salvi, rasato, spidocchiato e vestito da matto: cioè, secondo il regolamento, con la «divisa ospitaliera in lana marrone e berretto rotondo del medesimo tessuto». La tragedia dell'ultimo dei germani in Italia (forse dell'ultimo dei poeti) è – definitivamente – conclusa.

Resta da dire del «demente». – Il 13 gennaio 1918, per conto del direttore della Clinica psichiatrica di Firenze, un tal dottore Delpiano notifica all'«Ill.mo Procuratore del Re» che il dí 12 è stato «ammesso e provvisoriamente associato» Campana Dino di Giovanni, nato e domiciliato a Marradi. Sempre per conto del direttore, in data 28 gennaio lo stesso Delpiano si rivolge nuovamente al procuratore del Re: «Adempiendo al debito di riferire sulle condizioni mentali del controscritto ricoverato del Comune di Marradi ammesso il dí 12 gennaio 1918 informo la S.V. Ill.ma ch'esso è affetto da demenza precoce onde giudico necessario che sia definitivamente associato». Il 30 gennaio 1918 il procuratore Illeggibile chiede, a mezzo timbro azzurrino apposto sul foglio precedente «che il Tribunale dichiari la definitiva associazione del demente retroindicato al Manicomio di San Salvi». Infine, il 18 marzo 1918, «Il Tribunale Civile e Penale di Firenze, Sezione II / Viste le carte riguardanti Campana Dino di Giovanni di Francesca Luti di anni 32 celibe nato e domic. a Marradi / provvisoriamente ammesso al Manicomio di Firenze / dal Sindaco di Lastra a Signa con sua ordinanza del 12 gennaio 1918 come affetto da demenza precoce / Vista la richiesta del Procuratore del Re; / Attesoché dalle carte precitate resulti che lo stato di mente del nominato Campana Dino è tale da rendere necessaria la di lui definitiva ammissione al Manicomio suddetto, mentre nessun miglioramento si verificò da che vi fu provvisoriamente ammesso; / Per questi motivi / Visto l'art. 2 Legge 14 febbraio 1904 e 50 relativo regolamento; / Ordina il passaggio del medesimo Campana dallo stato di provvisoria a quello di definitiva ammissione al manicomio di Firenze. / Cosí deciso in Camera di Consiglio questo 18.3.1918 dai sottoscritti Signori / dottor Spinosi, Cattai, Graziani. Il Cancelliere: Illeggibile».

L'aspetto fisico del demente è: «Statura media, torace e membra robusti, mani grosse, pelle rosea, capelli fulvi, nutrizione generale buona; viso squadrato, cranio tondo e calvo in avanti, orecchie regolari, fronte ampia». «L'esame del sistema nervoso», scriverà Pariani basandosi sulle cartelle cliniche, «palesava disturbi della innervazione vascolare per la metà destra della faccia e per la mano dello stesso lato». Dopo un breve periodo di permanenza nella clinica di San Salvi, reparto agitati, il demente viene trasferito nel cronicario di Castel Pulci, in comune di Badia a Settimo. Qui, secondo Pariani, «dapprima diede indizi di allucinazioni uditive, espresse idee deliranti di grandezza e di persecuzione, ebbe scatti ingiustificati. Poscia prevalsero false percezioni acustiche cutanee muscolari viscerali, talvolta dolorose; fallacie rappresentative, ripetizioni sonore del pensiero; idee di grandezza assurde. L'ordine rimaneva nei discorsi». «Appariva lucido con giuste nozioni del tempo e dei luoghi e persistente memoria, ma teneva discorsi strambi non lasciandosene mai distrarre». «Leggeva il giornale, le cui notizie interpretate a suo modo servivano in accrescimento dei deliri e degli sproloqui. Trascurava i compagni, evitava di rivolgere loro la parola. Camminava avanti e indietro con passo elastico e lungo, raccolto nelle spalle e nel collo, un poco curvo il capo, senza guardarsi intorno».

Tra i rari visitatori del demente il piú assiduo è la madre «Fanny»: che arriva infagottata nel suo scialle con la corriera del mattino e gli domanda: «Come stai?» (Dino: «Come vuoi che stia. Come uno che sta in manicomio»). Lo zio Torquato, il tutore, si fa vedere una o due volte l'anno; ancor piú rade sono le visite del fratello Manlio. Il padre, che poi morirà nel 1926, a Castel Pulci non entra nemmeno una volta, perché «non gli regge il cuore». Dei letterati fiorentini soltanto Ferdinando Agnoletti, nei primi mesi del 1918, si presenta al portone di San Salvi e chiede di parlare con lo «scrittore Campana»: dopo una breve attesa arriva un medico a dirgli che il demente da lui richiesto non è in condizioni di ricevere chicchessia. «Mi dica almeno cosa fa, – insiste Agnoletti. – Legge, scrive?» Il medico si stringe nelle spalle: «Se anche scrivesse, scriverebbe cose senza senso...»

Cessati gli scatti d'ira e i furori dei primi mesi, già all'inizio del 1919 Dino Campana è quel demente modello di cui parleranno con ammirazione medici e infermieri. (Pariani: «I sentimenti e le azioni erano pacifici e futili...» «Tollerava infermi epilettici, idioti, dementi, stolidi, sudici»). Sí, qualche volta s'inquieta: soffre d'insonnie dolorose che lo rendono irascibile; rifiuta, sulle prime, d'essere «molestato» con «stimoli elettrici». Ma è affezionato al manicomio e contentissimo di viverci, senza responsabilità e senza problemi. E poi, Castel Pulci gli piace. Gli piace l'edificio, che fu dimora dei granduchi; gli piace il parco e il paesaggio... Dirà con foga a Pariani, che lo interroga nel 1927: «È un luogo tranquillo dove sto benissimo e spero di non uscire».

I deliri «elettrici» iniziano nel 1924 o nel 1925, piú o meno negli anni in cui gli psichiatri italiani scoprono l'elettrochoc come cura universale delle nevrosi, e durano fino al 1930. «Sono tutto pieno di correnti magnetiche», dice Dino. «Mi chiamo Dino, come Dino mi chiamo Edison». «Posso vivere anche senza mangiare, sono elettrico». «Attrassi l'attenzione della polizia marconiana e mi ruppe la testa. Mi investí con una forte scarica elettrica. Credevo che mi avessero rotta una vena nel cervello!» «Wilson mi mandò una scarica fortissima. Mi ruppe la testa! Degli agenti speciali mi davano molta tortura». Alla madre che si lamenta di un acciacco promette pronta guarigione per mezzo dell'elettricità. «Ho il modo e il mezzo, – le dice sottovoce, – di guarire l'umanità da tutti i suoi mali». «Basta soltanto ch'io voglia».

Tra un elettrochoc e l'altro Dino Edison legge, prepara le polpette per i ricoverati e si masturba. È felice. Lazzeri (ricoverato a Castel Pulci): «Lui, durante il giorno, quando stava alzato con gli altri ammalati, stava in un angolo del muro, leggendo continuamente!» Borghesi (altro ricoverato): «È sempre stato insieme con noi; letturale era, un gran letturale lui... Si metteva col libro negli angoli, si appoggiava al muro e strisciava, strisciava fino a terra... poi leggeva il libro per terra... stando seduto per terra...» Ispettore Del Bene (medico): «Era un ragazzo studioso, buono con tutti gli altri ammalati. Ad un certo momento è stato assegnato ai lavori di cucina e lui era dedicato a fare delle polpette, cosí. Dopo andava tra gli ammalati e diceva, insomma, che lui aveva fatto queste polpette e li incoraggiava a mangiarle: faceva la *réclame* alle sue polpette. Mai mangiate di cosí buone qui, pare!» Borghesi: «Era un buon figliolo! Buon figliolo! Leggeva, ma poi dopo...! Letturale, letturale molto, eh...! Scriveva anche qualche poco e poi, dopo, si metteva lí e leggeva!... perdeva anche la vista degli occhi, poverino, per leggere!» Ugolini (infermiere): «Era un uomo ubbidiente. Non si infuriava mai. Era un uomo buono che non discuteva gli ordini. Arrivata l'ora di mangiare, mangiava, arrivata l'ora di dormire, dormiva. Non ricordo di averlo mai legato al letto come accadeva spesso con altri ammalati. Non l'ho mai visto accoppiato con altri». Orlandelli (infermiere): «Mai lo trovai accoppiato con altri, né mai fu necessario legarlo al letto. Il suo unico vizio, poverino, consisteva nel masturbarsi...» Ugolini: «Quello che io posso dirle perché l'ho visto coi miei occhi è che il signor Campana si masturbava come un pazzo. E aveva un cazzo grosso cosí». (Gesto).

Due soli eventi sgradevoli turbano la serenità di Dino Edison nel cronicario di Badia a Settimo. Questi eventi sono, in ordine d'importanza: la comparsa nella sua vita dello psichiatra Pariani; la riedizione commerciale dei *Canti Orfici* per Vallecchi.

Incominciamo dal Pariani. – Carlo Pariani, psichiatra, non è un addetto a Castel Pulci ma ci viene apposta per biografare Dino Edison, per tempestarlo di domande finché «le risposte tardano e si fanno brevi, il viso arrossa e irrigidisce, le palpebre superiori scendono indicando fatica». Dino assolutamente non capisce il motivo di tante indagini: crede che lo si voglia cacciare di manicomio per qualche cosa che ha fatto in passato e parla meno che può, tenendosi sempre sulle generali, introducendo particolari sbagliati, tergiversando, attenuando. In ore e ore d'intervista Pariani non riuscirà a strappargli nemmeno un ricordo di prima mano, un particolare inedito, un atteggiamento spontaneo. Soltanto quando commenta i testi dei *Canti Orfici* Dino Edison dice alcune cose interessanti, ma sempre con circospezione e cercando di prevenire i desideri di chi lo interroga: che vuole? Censurare i testi piú scandalosi? Benissimo. Lui è assolutamente d'accordo, purché dopo lo si lasci in pace... «Le troie notturne in fondo ai quadrivii: Dino le disapprova e definisce – stranezze». «La signora innamoratasi dei suoi occhi di fauno, riudendola, arrossisce; ed esclama: – ciò non è vero affatto, tutte fantasie!» «Palesa sdegno nel volto e nella voce, ride con disprezzo ascoltando la sconcia ipotiposi de – le vecchie troie –; disapprova senza scuse: – Cose da ubriaco. Dovrebbe essere censurato».

Nei primi incontri col demente, Pariani cerca di ingraziarselo con qualche pacchetto di sigarette («Al Campana piaceva il fumare ma mancava denaro per acquistarlo») e con la promessa di fargli incontrare i letterati suoi amici. Dino Edison lo guarda sbigottito. «Per carità, – dice. – Io non desidero incontrarmi con nessuno. La prego di voler comprendere che sto bene cosí». «Il suo contegno, – annota Pariani, – in quei due ritrovi e nei successivi fu di chi preferirebbe scansare domande e mantenere la propria indipendenza». Lui però insiste e allora Dino Edison gli dice chiaro e tondo di lasciar perdere, tanto ha capito benissimo qual è il suo scopo: «Lei è mandato dal Governo per sapere se volessi uscire; ma non voglio uscire. Lei è suggestionato per venirmi a trovare, perché non ha nessun interesse di conoscermi. Lei rappresenta il re d'Italia che mi vuol mandare a Firenze, mentre io non ci voglio andare».

Piú chiaro di cosí... Invece Pariani continua a cercarlo, a scrivergli, e allora (siamo nella primavera del 1927) Dino Edison prende carta e penna e gli risponde: «Non ho affari né attrazioni in Italia. Non saprei cosa dirle riguardo a la mia passata attività letteraria che fu esigua e frammentaria. Non importa si disturbi a venirmi a trovare. Io vivo tranquillo».

La persecuzione dura tre anni e mezzo, dal novembre 1926 all'aprile del 1930. Durante questo periodo il massimo sforzo di Dino è rivolto a dire il meno possibile di sé e a scoraggiare in ogni modo quell'individuo molesto. Ripetutamente, per lettera, chiede di essere lasciato in pace; di non ricevere visite. (22 ottobre 1927: «La mia vita scorre normalmente in questo luogo. La prego di non disturbarsi a venirmi a trovare perché sto bene». 22 ottobre 1929: «Non desidero vedere nessuno. Sono abituato a questa vita, non desidero cambiarla». 11 aprile 1930: «Non desidero cambiare, né ricevere visite, né uscire»).

Il nuovo libro (*Canti Orfici*) che arriva fresco d'inchiostro nelle librerie italiane alla fine del 1928 è una ristampa, voluta personalmente dall'editore Attilio Vallecchi: lo stesso che nel 1914 ha cestinato il dattiloscritto di Campana conservando soltanto la lettera d'accompagnamento. («Egregio signor Vallecchi, mi rivolgo a lei colla speranza che vorrà interessarsi al mio caso»). Ora che Dino è a Castel Pulci Vallecchi raccoglie ciò che di lui è stato pubblicato qua e là, su rivistine e riviste («Riviera ligure», «La Tempra», «La Teda», «La Brigata», «La Voce»); ripulisce l'edizione marradese di quelle scritte (la tragedia degli ultimi germani, la dedica a Guglielmo II, l'epigrafe col sangue del fanciullo) che mal si accordano con la serietà della sua ditta; confeziona il tutto in un unico involucro e si rivolge agli illustri (Papini Prezzolini Soffici) perché stendano una prefazione: ma incontra ostacoli superiori al previsto. In particolare, Prezzolini gli dice che Campana è «un sottoprodotto del dannunzianesimo»; Papini, che è «un poeta di second'ordine»; Soffici non esprime giudizi negativi ma lascia intendere che, in fine, c'è d'assai meglio sotto il sole... Soltanto il meno illustre Binazzi risponde con entusiasmo all'invito di Vallecchi e sbatte il mostro (cioè Dino) in prima pagina: convinto com'è in buona fede di rendere al mostro (all'amico) un inestimabile servizio. Dino, dice Binazzi, innanzitutto è un pazzo: chiuso come tale in un manicomio dove «scrive e scrive». Però, fin che la sua pazzia glielo permise fu anche saltimbanco, ciarlatano, girò tutti i continenti, esercitò tutti i mestieri, appartenne al mondo della «leggera», parlò ogni lingua, conobbe ogni lupanare... – A cose fatte e pronte per la stampa il tutore del demente, Torquato, firma il contratto di edizione; e il risultato di tutto questo trambusto è che una mattina d'inverno, tra la fine del 1928 e l'inizio del 1929, Dino Edison si vede recapitare dalle poste un libro con il suo nome: «Dino Campana. *Canti Orfici*». Lí per lí la cosa non lo scuote (Papadía, medico: «Alla sua produzione poetica non dava piú alcun peso») ma poi comincia a sfogliare il volume nei momenti di lucidità: nota gli errori, le censure, le arbitrarie inclusioni di poesie nate in altro contesto e, seppure da enorme distanza, recepisce anche quest'ultima offesa. Scrive al fratello pregandolo di «ricercare l'edizione originale di Marradi, per conservarla per ricordo». Altrimenti, dice, «il testo va perduto» (2 giugno 1930).

Cosí passano gli anni a Castel Pulci: tra idioti e degenerati che s'accoppiano, che urlano legati ai letti di contenzione, che si cacano e si pisciano addosso, che si masturbano... Finché, dicono le cronache, nel novembre del 1931 Dino Edison comincia a snebbiarsi, a manifestare «desideri propositi atti quali osserviamo nei sani». Chiede grammatiche delle lingue che sa: prova a tradurre dal tedesco e resta soddisfatto del risultato. Per la prima volta dopo tredici anni esprime il desiderio di uscire di manicomio, di trovarsi un impiego come traduttore o come interprete. «Ma lei, – gli obiettano i medici, – di mestiere faceva lo scrittore». Dino arrossisce: «No, no...» «Non ho piú voluto occuparmi di cose letterarie stante la nullità dei successi pratici ottenuti». «Il mercato librario in Italia è assolutamente nullo per il mio genere». Continua ad esercitarsi nelle lingue straniere e i responsabili di Castel Pulci pensano di dimetterlo entro il 1932. In particolare l'ispettore Del Bene ne parla come di un uomo ormai guarito: «Era tranquillo e pacifico, negli ultimi mesi, anche di notte; con aspetto grasso e fresco. Preciso nel vestire. Pareva un po' vergognoso. Educazione compita proprio. Stava piuttosto da sé: rispondeva se interrogato; compitissimo, gentile. Leggeva sempre il giornale. Parlava col dottor Faberi su questioni del giorno».

La morte arriva improvvisa e inaspettata. Alla fine di febbraio del 1932 Dino s'ammala e muore – dice il fratello – in modo misterioso: «Con una malattia di dodici ore e un'agonia di sei ore, ininterrotta». Piú ricco di dettagli il resoconto del Pariani, che ha accesso alla cartella clinica del demente e la trascrive cosí: «Il 27 entrò nella infermeria con febbre e stato generale in apparenza discreto. Il 28 la temperatura superava un poco i trentotto gradi e apparve un eritema diffuso, con macchie cutanee rossaccese non rilevate. Indi la febbre crebbe oltre i quaranta, mantenendosi poi alta con oscillazioni. Fu veduta una infiltrazione edematosa degli organi genitali; la pelle di questi e degli arti inferiori si coperse di chiazze rossastre. L'aspetto era di malato grave: viso terreo, lingua arida e impaniata, sudori, vomiti, diarrea, sensorio ottuso; le mani annaspavano, vaneggiava inquieto. Intravvide prossima la fine e affannando disse al capo infermiere: – Setaioli, mi salvi che sto morendo». «Si spense alle ore undici e tre quarti del primo marzo in età di anni quarantasei e dopo quattordici di manicomio». – La diagnosi parla di «setticemia primitiva acutissima» che Dino si sarebbe prodotta pungendosi ai genitali con un ferro arrugginito; oppure, in alternativa, di «infezione microbica diretta e virulenta del sangue»: che è solo un giro di parole per dire «peste», «colera». In realtà, i medici di Castel Pulci non sanno di cosa è morto il demente Campana e temono un'epidemia: perciò ordinano l'immediata inumazione della salma nel cimitero piú vicino. («*Ispettore Del Bene*: Quando è morto, il signor Campana è stato portato a Badia, là, direttamente al cimitero; proprio diritto! *Zavoli*: Si vede, dalla finestra? *Ispettore*: Dalla finestra si deve vedere... Ecco, laggiú! Laggiú! Il palazzone! Il palazzone senza campanile, lo vede? Il cimitero è là»). Dino vi arriva verso le quattro di pomeriggio di quello stesso 1° marzo 1932 su un carro funebre Fiat che viaggia ad andatura normale: tanto, non c'è nessuno dietro il feretro... (Né i parenti di Marradi, che arriveranno l'indomani, né l'editore Vallecchi, né l'amata Sibilla che – secondo una leggenda fiorita negli anni Settanta, all'epoca della sua beatificazione da parte delle «femministe» – «lo andò a visitare, irriconosciuta, fino alla morte nel 1932...»).

Certo com'è che la memoria del suo biografato sia effimera, Pariani formula il pronostico che le ossa di Campana cesseranno d'occupare una tomba dopo il tempo minimo di dieci anni voluto dalla legge: «Col 1942 gli avanzi, se nessuno li richieda, andranno dispersi per nutrire essi pure erbe e queste animali e questi l'uomo, la cui spoglia raramente ora i suoi simili appetiscono. Il fuoco la tramuta in ceneri feconde che scendono lievi sul terreno o la brucano i vermi che non sfuggono dal divenire polveri azotate letame ottimo». Ma la fama di Campana si sviluppa in senso esattamente opposto rispetto a quella dei suoi piú celebrati contemporanei, di cui oggi ancora si parla nelle tesi di laurea e domani non si parlerà piú. Nel 1942, grazie a una pubblica sottoscrizione di artisti e di estimatori, la spoglia viene traslata nella chiesetta romanica del cimitero di Badia. Per l'occasione arriva a Firenze il ministro della cultura Bottai: il cui patrocinio dà alla cerimonia un carattere di ufficialità francamente eccessivo, contribuisce ad alimentare l'equivoco – in cui cadranno persone disinformate e illustri come P. P. Pasolini – di un Campana «precursore del fascismo» e richiama almeno una presenza superflua, quella di Papini. «Rivedo ora come in una nebbia gelata Gatto e Montale sollevare la piccola cassetta coi resti di Campana e deporla sull'altare per l'inumazione. E poi Rosai e Carlo Bo, che aveva ancora una faccia da bambino, ornare la sua tomba con una semplice corona d'alloro: la piú semplice che si potesse trovare. Papini era in piedi, accanto a Bottai» (Primo Conti). Stava veramente pregando, come suggerisce Conti, oppure stava meditando quell'articolo «Pazzi in rialzo» con cui pochi anni dopo, nel 1946, tentò ancora una volta di screditare la memoria del «poeta di second'ordine», del «pazzo» che si era permesso di sfidare la società letteraria del suo tempo, i suoi rituali e le sue gerarchie? «Ci sembra, – scriverà nell'articolo l'ormai sessantaquattrenne Papini, – che si stia ridicolmente e pericolosamente esagerando il significato storico ed il valore artistico dell'infelice poeta di Marradi». «Un esame sereno della sua opera dimostra a chiare note ch'egli fu scarsamente originale – s'era nutrito molto di letteratura francese dell'ultimo Ottocento – e che non può essere presentato, se non da fanatici tendenziosi, come autentico e grande poeta».

M'alzo per chiudere la finestra e m'incanto a guardare le stelle anzi «i bagliori magnetici delle stelle» che questa sera anche a me dicono «l'infinità delle morti». – Sono tutti morti. Tutti i personaggi di questa storia: i letterati, gli psichiatri, i notabili marradesi, i pazzi, i savi, i futuristi, i «ragazzi del 99»... Tutti. Sola, nell'abisso del cielo, la Cometa di Halley continua instancabile a tessere le sue orbite fin quasi ai limiti stessi dello spazio e del tempo. Dicono i libri degli astronomi che questa Cometa attraversa il sistema solare ogni 76 anni, che riapparirà nel 1986: ed io mi sono persuaso che nella complicata armonia dell'Universo ci sia un segreto rapporto tra la Cometa di Halley («Qual ponte, muti chiedemmo, qual ponte abbiamo noi gettato sull'infinito, che tutto ci appare ombra di eternità?») e la poesia degli umani; che ad ogni passaggio della stella corrisponda il passaggio di un poeta. Un poeta ogni 76 anni... Non particolarmente grande, né famoso, né tenuto in seria considerazione. Un «ragazzo» (*boy*), un «primitivo» che attraversa il mondo senza trovare i suoi contemporanei e viene fatto a pezzi dalle persone che piú gli sono vicine: i familiari, i conoscenti, i presunti «colleghi». «*They were all torn | and cover'd with | the boy's | blood*».

Certo, Papini ha ragione. Dino Campana, misurato col suo metro, non è «autentico e grande poeta». Ma c'è una frase del manoscritto ritrovato nell'armadio di Soffici (stava lí da sessant'anni, non s'era mai mosso) con cui Dino gli risponde, gli dice: «Essere un grande artista non significa nulla: essere un puro artista ecco ciò che importa». Questa frase, in epigrafe al libro, racchiude in sé «la vita di Leopardi nel suo significato» e racchiude anche la vita di Dino Campana, di cui lascia intendere il pensiero sulla grandezza dei poeti. – Il grande poeta – dice Dino – è un uomo che vive tutt'intero nel suo presente e lí finisce: come Papini o D'Annunzio. Non ha contemporanei sparpagliati in tutte le epoche, non ha dialogo con chi già è passato e con chi ancora deve nascere. La sua ombra non è «ombra di eternità». È un uomo, in fondo, normale; uno che diventa grande poeta come un altro diventa direttore della Cassa di Risparmio, con un poco di applicazione, un poco di talento ed un poco di circostanze favorevoli. Di questi grandi poeti, impiegati solleciti del loro Tempo, del loro Principe, del loro Editore, sono piene le epoche ed i libri. Ma nel pensiero di Dino c'è un futuro in cui l'umanità avrà finalmente capito che la poesia può giovarle soltanto a una condizione: d'essere fuori del tempo e dei suoi traffici. Un ponte sull'infinito, un messaggio lasciato a chi non c'è da chi non torna piú indietro...

Penso a Leopardi, a Campana. – Leopardi colloca la poesia nel passato e nell'infanzia dell'uomo («Poeti non erano se non gli antichi, e non sono ora se non i fanciulli, o giovanetti, e i moderni che hanno questo nome non sono altro che filosofi»): tratto in inganno dal fatto che il trascorrere dei secoli generalmente cancella la poesia dei «grandi» ed esalta quella dei «primitivi», dei *boys*... Campana esprime la speranza che il «puro artista», esiliato da sempre nel presente, possa trovare una patria nel futuro grazie ad un cambiamento del gusto che faccia «tornare di moda» i «primitivi» come lui: ma le cose non sono cosí semplici. Perché l'umanità cessi di avere un rapporto cannibalesco nei confronti dei «puri artisti» occorre altro e di piú che una maturazione estetica, che i contemporanei sappiano riconoscere – per esempio – la necessità storica del signor François Villon e la superfluità dei «grandi artisti» Jean Molinet, Meschinot de Nantes, Guillaume Crétin (nomi autentici). Non è solo questione di estetica. Occorre una crescita di civiltà e di cultura che porti gli umani a tollerare l'esistenza, oggi piú che mai considerata aberrante, di persone che rappresentano «il tipo morale superiore»; che gli impedisca d'inchiodarle alle croci, di decollarle sui patiboli, di arrostirle sui roghi. Di chiuderle nei manicomi e nelle galere. Di costringerle a suicidarsi o ad isolarsi dal mondo...

Quante volte la Cometa di Halley è passata nel cielo dell'uomo? Tra i poeti da lei «tracciati» ci sono Gesú Cristo e Giovanna d'Arco, François Villon e Tommaso Campanella, Gérard de Nerval e Friedrich Nietzsche (anche lui vittima, come Dino, della *Spirochaeta pallida*); per non citarne che alcuni. E tutt'a un tratto mi sorprendo, qui alla finestra dell'albergo Lamone e davanti alle stelle di Marradi, a pensare al prossimo poeta, quello del 1986: «Sarà un ragazzo, – mi dico. – Un poco primitivo, come Dino. In rotta coi contemporanei. Non avrà fortuna con gli editori e sarà considerato un pazzo, uno che nulla ha capito di ciò che è il vivere comune. Finirà male: come lui». Naturalmente non conosco la sua opera, ma ne so alcuni presupposti. So che il suo cielo, a differenza di questo in cui «frati e poeti hanno fatto la tana come i vermi», sarà un cielo «non deturpato dall'ombra di Nessun Dio». So che non cadrà nella trappola delle teorie dell'arte; che non baratterà la poesia con «machiavellismo, tecnica cerebrale, frasaismo borghese»; che non presumerà di rinnovarla «per forza di pottate». (Con rabbia, con angoscia, mi chiedo: «Come abbiamo potuto, noialtri, prestare orecchio ancora una volta ai Papini e ai Soffici di turno?»). So che non apparterrà a nessun «volgo» di «minorenni»: che penserà, come Dino, che «tutto è sforzo individuale». Infine, so che avrà negli orecchi e nel cuore la «poesia italiana che fu»...

S'è fatto tardi. Dal bar, che è proprio sotto la mia stanza, giungono voci di ubriachi. Chissà quante volte «il matto» è stato qua. Chissà quante volte i suoi compaesani gli hanno offerto da bere per poi «riderlo» fino sul viale Baccarini, fino sul ponte del Lamone...

Accendo la luce. La valigia appoggiata al calorifero mi ricorda che «l'infinità delle morti» continua tra le mie carte, che sono morti anche i primi a cui, tredici anni fa, parlai del «caso Campana»: Daniele Ponchiroli e Franco Basaglia, lo psichiatra che piú di ogni altro s'è battuto per il superamento del regime manicomiale del 1904. E dovrei ringraziare, come s'usa, un centinaio di persone: addetti culturali italiani all'estero, sindaci, parroci, professori, scrittori, medici, commissari di pubblica sicurezza, archivisti, artisti, persone che a vario titolo hanno favorito la mia ricerca; dovrei avvalorare ciò che ho scritto con l'elenco dei loro nomi e delle loro competenze. Invece farò un nome soltanto, quello dello scrittore argentino Gabriel Cacho Millet: che, innamorato della poesia di Campana, ha speso una parte della sua vita per rintracciarne e pubblicarne le lettere. Senza il suo lavoro attento e tenace il mio romanzo del poeta sarebbe ora piú incerto: molti episodi mancherebbero, molti altri resterebbero sospesi «nello spazio, fuori del tempo»... A Gabriel Cacho Millet sono anche debitore di alcune memorie familiari e di alcune testimonianze inedite che con rara generosità lui stesso ha voluto mettere a mia disposizione. Grazie. Gli altri, se già non li ho ringraziati, li ringrazierò in forma privata. Soprattutto tengo a precisare che non mi sento «biografo», che con ogni probabilità non scriverò mai piú una biografia, né di poeti né d'altri. – Io cercavo un personaggio con certi particolari connotati. Il caso me l'ha fatto trovare nella realtà storica e da lí l'ho tirato fuori: con accanimento, con scrupolo, con spirito di verità. (Per quanto tutto nel mondo sia passibile di ulteriori sviluppi, non credo che sul poeta Campana ci sia piú molto da scoprire). Ma se anche Dino non fosse esistito io ugualmente avrei scritto questa storia e avrei inventato quest'uomo meraviglioso e «mostruoso», ne sono assolutamente certo. L'avrei inventato cosí.

Nota

In seguito alla pubblicazione del romanzo *La notte della cometa* sono venute in luce alcune carte («fogli di via» e verbali polizieschi) che consentono di datare con maggior precisione alcuni episodi del periodo piú oscuro della giovinezza del poeta, anteriori alla stesura ed alla pubblicazione dei *Canti Orfici*. Mi è stato inoltre spiegato da persone competenti che l'uso del termine elettrochoc nelle ultime pagine del libro è improprio: negli anni Venti – mi si è detto – l'elettricità si usava soltanto per dare dolore, senza intenti terapeutici: per dissuadere il malato da abitudini considerate nocive, ad esempio dalla masturbazione. Non si parlava ancora di elettrochoc e gli «stimoli elettrici» cui eufemisticamente allude il Pariani dovettero essere semplici scariche, sul capo o sui genitali del poeta. A questi «nei» – che nulla aggiungono o tolgono al personaggio Campana ed alla sua verità – avrei potuto rimediare con pochi e semplici ritocchi nel testo: ma la cosa non mi è sembrata necessaria, né, a ben vedere, corretta. «Un libro – ebbe a scrivere Nietzsche – è quasi un uomo»: con difetti e virtú, limiti e aspirazioni che sono appunto degli uomini. Stimola nuove conoscenze, suscita emozioni e reazioni, subisce rimproveri piú o meno motivati e l'autore non ha piú alcun diritto di intervenire su di lui: «Per lui (cioè, per l'autore) è come se la parte distaccata di un insetto proseguisse il suo cammino, da sola».

Assonanze

Canti Orfici di Dino Campana, in *Opere*, a cura di Sebastiano Vassalli e Carlo Fini, TEA, 1989.

La Chimera

Non so se tra roccie il tuo pallido
Viso m'apparve, o sorriso
Di lontananze ignote
Fosti, la china eburnea
Fronte fulgente o giovine
Suora de la Gioconda:
O delle primavere
Spente, per i tuoi mitici pallori
O Regina o Regina adolescente:
Ma per il tuo ignoto poema
Di voluttà e di dolore
Musica fanciulla esangue,
Segnato di linea di sangue
Nel cerchio delle labbra sinuose,
Regina de la melodia:
Ma per il vergine capo
Reclino, io poeta notturno
Vegliai le stelle vivide nei pelaghi del cielo,
Io per il tuo dolce mistero
Io per il tuo divenir taciturno.
Non so se la fiamma pallida
Fu dei capelli il vivente
Segno del suo pallore,
Non so se fu un dolce vapore,
Dolce sul mio dolore,
Sorriso di un volto notturno:
Guardo le bianche rocce le mute fonti dei venti
E l'immobilità dei firmamenti
E i gonfii rivi che vanno piangenti
E l'ombre del lavoro umano curve là sui poggi algenti
E ancora per teneri cieli lontane chiare ombre correnti
E ancora ti chiamo ti chiamo Chimera.

Stampato per conto della Casa editrice Einaudi
presso Mondadori Printing S.p.A., Stabilimento N.S.M., Cles (Trento)

C.L. 17480

Edizione						Anno			
14	15	16	17	18		2008	2009	2010	2011

Einaudi Tascabili
Ultimi volumi pubblicati:

516 Fo, *Marino libero! Marino è innocente* (Stile libero).
517 Rigoni Stern, *Uomini, boschi e api* (3ª ed.).
518 Acitelli, *La solitudine dell'ala destra* (Stile libero).
519 Merini, *Fiore di poesia* (3ª ed.).
520 Borges, *Manuale di zoologia fantastica*.
521 Neruda, *Confesso che ho vissuto* (2ª ed.).
522 Stein, *La civiltà tibetana* (2ª ed.).
523 Albanese, Santin, Serra, Solari, *Giú al Nord* (Stile libero).
524 Ovidio, *Versi e precetti d'amore*.
525 Amado, *Cacao* (2ª ed.).
526 Queneau, *Troppo buoni con le donne*.
527 Pisón, *Strade secondarie* (Stile libero).
528 Maupassant, *Racconti di provincia*.
529 Pavese, *La bella estate* (4ª ed.).
530 Ben Jelloun, *Lo specchio delle falene*.
531 Stancanelli, *Benzina* (Stile libero) (2ª ed.).
532 Ellin, *Specchio delle mie brame* (Vertigo).
533 Marx, *Manifesto del Partito Comunista* (3ª ed.).
534 Del Giudice, *Atlante occidentale*.
535 Soriano, *Fútbol* (4ª ed.).
536 De Beauvoir, *A conti fatti*.
537 Vargas Llosa, *Lettere a un aspirante romanziere* (Stile libero).
538 aa.vv., *Schermi dell'incubo* (Vertigo).
539 Nove, *Superwoobinda* (Stile libero) (2ª ed.).
540 Revelli, *L'anello forte*.
541 Lermontov, *L'eroe del nostro tempo* (Serie bilingue).
542 Behn, *Oroonoko* (Serie bilingue).
543 McCarthy, *Meridiano di sangue*.
544 Proust, *La strada di Swann*.
545 Vassalli, *L'oro del mondo*.
546 Defoe, *Robinson Crusoe* (2ª ed.).
547 Madieri, *Verde acqua. La radura*.
548 Amis, *Treno di notte*.
549 Magnus, *Lo sconosciuto* (Stile libero) (2ª ed.).
550 aa.vv., *Acidi scozzesi* (Stile libero).
551 Romano, *Tetto murato*.
552 Frank, *Diario. Edizione integrale.* (4ª ed.).
553 Pavese, *Tra donne sole* (2ª ed.).
554 Banks, *Il dolce domani*.
555 Roncaglia, *Il jazz e il suo mondo*.
556 Turgenev, *Padri e figli*.
557 Mollica, *Romanzetto esci dal mio petto*.
558 Metraux, *Gli Inca*.
559 *Zohar. Il libro dello splendore*.
560 Auster, *Mr Vertigo*.
561 De Felice, *Mussolini l'alleato 1943-45*. II. *La guerra civile*.
562 Robbe-Grillet, *La gelosia*.
563 Metter, *Ritratto di un secolo*.
564 Vargas Llosa, *Conversazione nella «Catedral»*.
565 Wallace, *La ragazza con i capelli strani* (Stile libero) (3ª ed.).
566 Enzensberger, *Il mago dei numeri* (4ª ed.).
567 Roth, *Operazione Shylock*.
568 Barnes, *Amore, ecc*.
569 Zolla, *Il dio dell'ebbrezza* (Stile libero).
570 Evangelisti, *Metallo urlante* (Vertigo).
571 Manchette, *Fatale* (Vertigo).
572 De Filippo, *Cantata dei giorni pari*.

573 *Sfiga all'OK-Corral*. A cura di Stefano Bartezzaghi (Stile libero) (2ª ed.).
574 *Spettri da ridere*. A cura di Malcolm Skey.
575 Yehoshua, *Ritorno dall'India* (3ª ed.).
576 *Lunario dei giorni d'amore*. A cura di Guido Davico Bonino (2ª ed.).
577 Ricci, *Striscia la tivú* (Stile libero).
578 Ginzburg, *Le piccole virtú* (3ª ed.).
579 Hugo, *I miserabili* (2 volumi).
580 *I fioretti di san Francesco*.
581 Ovadia, *L'ebreo che ride* (Stile libero) (5ª ed.).
582 Pirro, *Soltanto un nome sui titoli di testa*.
583 Labranca, *Cialtron Hescon* (Stile libero).
584 Burton, *La morte malinconica del bambino ostrica e altre storie* (Stile libero) (3ª ed.).
585 Dickens, *Tempi difficili*.
586 *Letteratura e poesia dell'antico Egitto*. A cura di Edda Bresciani.
587 Mancinelli, *I casi del capitano Flores. Persecuzione infernale*.
588 Vinci, *In tutti i sensi come l'amore* (Stile libero) (3ª ed.).
589 Baudelaire, *I fiori del male e altre poesie* (Poesia) (2ª ed.).
590 Vacca, *Consigli a un giovane manager* (Stile libero).
591 Amado, *Sudore*.
592 Desai, *Notte e nebbia a Bombay*.
593 Fortunato, *Amore, romanzi e altre scoperte*.
594 Mattotti e Piersanti, *Stigmate* (Stile libero).
595 Keown, *Buddhismo*.
596 Solomon, *Ebraismo*.
597 Blissett, *Q* (Stile libero) (4ª ed.).
598 Solženicyn, *Una giornata di Ivan Denisovič. La casa di Matrjona. Alla stazione*.
599 Conrad, *Vittoria*.
600 Pavese, *Dialoghi con Leucò* (2ª ed.).
601 Mozzi, *Fantasmi e fughe* (Stile libero).
602 Hilberg, *La distruzione degli Ebrei d'Europa*. Nuova edizione riveduta e ampliata (2 voll.).
603 Fois, *Ferro recente*.
604 Borges-Casares, *Cronache di Bustos Domecq*.
605 Nora K. - Hösle, *Aristotele e il dinosauro. La filosofia spiegata a una ragazzina* (Stile libero) (2ª ed.).
606 Merini, *Favole Orazioni Salmi*.
607 Lane Fox, *Alessandro Magno* (2ª ed.).
608 Stuart, *Zona di guerra* (Stile libero).
609 Márquez, *Cronaca di una morte annunciata*.
610 Hemingway, *I quarantanove racconti*.
611 Dostoesvkij, *Il giocatore*.
612 Zaimoglu, *Schiuma* (Stile libero).
613 DeLillo, *Rumore bianco* (2ª ed.).
614 Dick, *In terra ostile* (Vertigo).
615 Lucarelli, *Mistero blu* (Stile libero) (2ª ed.).
616 Nesse-Williams, *Perché ci ammaliamo* (Grandi Tascabili).
617 Lavie, *Il meraviglioso mondo del sonno* (Grandi Tascabili).
618 Naouri, *Le figlie e le loro madri* (Grandi Tascabili).
619 Boccadoro, *Musica Cœlestis* (Stile libero con CD).
620 Bevilacqua, *Beat & Be bop* (Stile libero con CD).
621 Hrabal, *Una solitudine troppo rumorosa* (2ª ed.).
622 McEwan, *L'amore fatale* (4ª ed.).
623 James, *Daisy Miller* (Serie bilingue).
624 Conrad, *Cuore di tenebra* (Serie bilingue).
625 Marìas, *Un cuore cosí bianco* (2ª ed.).
626 Burgess, *Trilogia malese*.

627 Saramago, *Viaggio in Portogallo* (3ª ed.).
628 Romano, *Inseparabile*.
629 Ginzburg, *Lessico famigliare* (2ª ed.).
630 Bassani, *Il giardino dei Finzi-Contini* (2ª ed.).
631 Auster, *Mr Vertigo* (3ª ed.).
632 Brautigan, *102 racconti zen* (Stile libero) (2ª ed.).
633 Goethe, *Cento poesie* (Poesia).
634 McCarthy, *Il buio fuori*.
635 Despentes, *Scopami* (Stile libero).
636 Denti, *Lasciamoli leggere*.
637 *Passione fatale*. A cura di Guido Davico Bonino (2ª ed.).
638 Roth, *Il teatro di Sabbath*.
639 Battisti, *L'orma rossa* (Vertigo).
640 Moncure March e Spiegelman, *The Wild Party* (Stile libero).
641 Šalamov, *Racconti* (2 voll.).
642 Beauvoir (de), *Una donna spezzata* (2ª ed.).
643 San Paolo, *Le lettere*.
644 Rigoni Stern, *Sentieri sotto la neve*.
645 Borges, *Evaristo Carriego*.
646 D'Arzo, *Casa d'altri e altri racconti*.
647 Grass, *Il Rombo*.
648 Raphael, *Eyes Wide Open* (Stile libero).
649 aa.vv., *Sepolto vivo*.
650 Benigni-Cerami, *La vita è bella* (Stile libero con videocassetta).
651 Odifreddi, *Il Vangelo secondo la Scienza* (5ª ed.).
652 Ruthven, *Islām*.
653 Knott, *Induismo*.
654 De Carlo, *Due di due* (3ª ed.).
655 Bunker, *Cane mangia cane* (Stile libero).
656 Olievenstein, *Nascita della vecchiaia* (Grandi Tascabili).
657 Thomas, *Ritratto dell'artista da cucciolo*.
658 Beckett, *Le poesie* (Poesia).
659 Paolini - Ponte Di Pino, *Quaderno del Vajont* (Stile libero con videocassetta) (5ª ed.).
660 Magris, *L'anello di Clarisse*.
661 Stendhal, *Armance*.
662 Albanese, *Giù al Nord* (Stile libero con videocassetta).
663 Lodoli, *Fuori dal cinema*.
664 Melville, *Clarel*.
665 Englander, *Per alleviare insopportabili impulsi* (3ª ed.).
666 Richardson, *Che cos'è l'intelligenza* (Grandi Tascabili).
667 Wieviorka, *Auschwitz spiegato a mia figlia* (3ª ed.).
668 *Lunario di fine millennio*. A cura di Guido Davico Bonino.
669 Amado, *I padroni della terra*.
670 *Poesie di Dio*. A cura di Enzo Bianchi (2ª ed.).
671 Wall, *Perché proviamo dolore* (Grandi Tascabili).
672 Le Goff, *San Luigi*.
673 *Mistica ebraica*. A cura di Giulio Busi ed Elena Loewenthal.
674 Byatt, *La Torre di Babele*.
675 *I libri della Bibbia. Esodo*.
676 *I libri della Bibbia. Vangelo secondo Luca*.
677 *I libri della Bibbia. Cantico dei Cantici*.
678 Grossman, *Vedi alla voce: amore*.
679 Lennon, *Vero amore* (Stile libero).
680 *Antologia della poesia italiana. Duecento*. Diretta da C. Segre e C. Ossola.
681 *Antologia della poesia italiana. Trecento*. Diretta da C. Segre e C. Ossola.
682 Cerami-Piovani, *Canti di scena* (Stile libero con CD).
683 De Simone, *La gatta Cenerentola* (Stile libero con videocassetta) (2ª ed.).
684 Fo, *Lu Santo Jullare Françesco*. A cura di Franca Rame (Stile libero con videocassetta) (2ª ed.).
685 De André, *Parole e canzoni* (Stile libero con videocassetta).
686 Garboli, *Trenta poesie famigliari di Giovanni Pascoli*.

687 Yehoshua, *Viaggio alla fine del millennio*.
688 Fortunato, *L'arte di perdere peso*.
689 Estep, *Diario di un'idiota emotiva* (Stile libero).
690 Mollica, *Fellini. Parole e disegni* (Stile libero).
691 Gras-Rouillard-Teixidor, *L'universo fenicio*.
692 Marías, *Domani nella battaglia pensa a me*.
693 Hirigoyen, *Molestie morali* (Grandi Tascabili).
694 De Cataldo, *Teneri assassini* (Stile libero).
695 Blisset, *Totò, Peppino e la guerra psichica. Mind invaders* (Stile libero).
696 Wilde, *Il ritratto di Dorian Gray*.
697 Cantoni-Ovadia, *Ballata di fine millennio* (Stile libero con CD).
698 Desai, *In custodia*.
699 Fenoglio, *Un giorno di fuoco*.
700 Muhammad Ali, *Quando eravamo re* (Stile libero con videocassetta).
701 *Il libro di David Rubinowicz*.
702 *I libri della Bibbia. Genesi*.
703 *I libri della Bibbia. Lettera ai romani*.
704 Nori, *Bassotuba non c'è* (Stile libero).
705 Almodóvar, *Tutto su mia madre* (Stile libero).
706 Vassalli, *3012. L'anno del profeta*.
707 Svevo, *Una vita*.
708 McEwan, *Amsterdam*.
709 Lobo Antunes, *In culo al mondo*.
710 *Io, Pierre Rivière*. A cura di Michel Foucault.
711 Wallace, *Brevi interviste con uomini schifosi* (Stile libero).
712 Lussu, *Un anno sull'Altipiano* (2ª ed.).
713 Keshavjee, *Il Re, il Saggio e il Buffone*.
714 Scarpa, *Cos'è questo fracasso* (Stile libero).
715 Roth, *Lamento di Portnoy*.
716 Pavese, *Il mestiere di vivere*.
717 Maupassant, *Boule de suif* (Serie bilingue).
718 Rea, *L'ultima lezione*.
719 Pacoda, *Hip Hop italiano* (Stile libero con CD).
720 Eldredge, *La vita in bilico* (Grandi Tascabili).
721 Ragazzoni, *Buchi nella sabbia e pagine invisibili. Poesie e prose*.
722 Beccaria, *I nomi del mondo*.
723 Onofri, *Registro di classe* (Stile libero).
724 Blisset, *Q* (Stile libero). Nuova edizione.
725 Kristof, *Trilogia della città di K.*
726 Lucarelli, *Guernica* (Stile libero).
727 Manchette, *Nada* (Stile libero).
728 Coetzee, *Aspettando i barbari*.
729 Clausewitz, *Della guerra*.
730 Boncinelli, *Le forme della vita* (Grandi Tascabili).
731 Del Giudice, *Staccando l'ombra da terra*.
732 *I libri della Bibbia. Vangelo secondo Matteo*.
733 *I libri della Bibbia. Qohélet o l'Ecclesiaste*.
734 Bevilacqua, *La polvere sull'erba*.
735 Nietzsche, *Le poesie*.
736 Rigoni, *Notturno bus* (Stile libero).
737 Adinolfi, *Mondo exotico* (Stile libero).
738 De Carlo, *Macno*.
739 Landi, *Manuale per l'allevamento del piccolo consumatore* (Stile libero).
740 Fois, *Meglio morti*.
741 Angot, *L'incesto* (Stile libero).
742 Pavese, *Il mestiere di vivere*.
743 DeLillo, *Underwold*.
744 Orengo, *Spiaggia, sdraio e solleone* (Stile libero).
745 Rogers, *Sesso e cervello* (Grandi Tascabili).
746 Pavese, *La luna e i falò*.

747 Salgari, *Il corsaro nero*.
748 Maraini, *La vacanza*.
749 Thiess, *Tsushima*.
750 Mancinelli, *Attentato alla Sindone*.
751 Blady-Roversi, *Turisti per caso* (Stile libero).
752 *Antologia della poesia italiana. Quattrocento*. Diretta da Cesare Segre e Carlo Ossola.
753 Miller, *Slob* (Stile libero).
754 Gončarov, *Oblomov*.

E2362
NOTTE COMETA
14° ED.
VASSALLI SEBA

ET/SCR
EINAUDI